© 2009   Kerstin Hentschel

Layout   Alexander Reinhardt

Illustration Basti, Maxi und Kerstin Hentschel

Internet   www.mama-mallorca.de

Herstellung und Verlag:

Books on Demand GmbH, Norderstedt

ISBN 978-3-8391-0827-7

Mama Mallorca

Begrüßung

Ich frage mich schon seit Jahren, warum Autoren stets und ständig Lobes- und Dankeshymnen für so wahnsinnig viele Menschen in ihrem Umfeld verfasst und diese dann sogar auch noch mit dem Buch veröffentlicht haben. Ich kenne die doch sowieso nicht, was nützt mir dann ein unbekannter Name zu einer mir unbekannten Person? Hätte ein persönliches Wort nicht gereicht?

Tja, und jetzt erwische ich mich in genau diesem Moment, dass ich selber ein paar Zeilen für Menschen verfasse, denen ich tatsächlich danken möchte. Ohne die dieses Buch niemals entstanden wäre. Niemand hätte erfahren, was damals auf Mallorca wirklich geschah...

Ich danke Dirk und Sebastian, denn sie sind ein Teil meiner Geschichte. Ich danke Maxi, dass er ein paar Urlaube später das „Licht der Welt" erblickte. Auch mein Bruder Jens gehört ein Stück vom „Dankes-Kuchen", denn er hat die Korrektur vorgenommen und war mein größter Kritiker. Das allergrößte „Dankeschön" aber geht an Alex, der mich ermutigte das „Projekt" Mama Mallorca anzugehen, der mich moralisch und vor allem auch technisch bei allem unterstützte, wo ich Hilfe brauchte und ohne den ihr diese Zeilen nie zu lesen bekommen hättet...

Kerstin

Mama Mallorca oder

„Humor ist, wenn Frau trotzdem lacht"

Ich denke, im Nachhinein hätte es eigentlich wohl noch viel schlimmer kommen können. Müsste ich sogar dankbar sein, dass damals alles so gekommen ist? Hätte sich irgendetwas in meinem Leben geändert, wenn wir in jenem Sommer nicht mal eben nach Mallorca geflogen wären? Einen gewissen Trost spendete mir schon damals das alte Sprichwort meiner Mutter „Wenn der liebe Gott dir eine Tür zuschlägt, dann öffnet er an anderer Stelle ein Fenster!" Will heißen: irgendeinen Grund hatte es wohl schon, dass der Urlaub so verlief, wie er verlief!

Trotz vieler schlechter Tage und Wochen in meinem Leben habe ich meinen Humor nach wie vor noch nicht verloren. Obwohl es mir, und sicherlich auch meiner Umwelt, manchmal so erscheint. Ich lache gerne, vor allem in guter Gesellschaft und am liebsten natürlich über andere. Folgte hier die Strafe auf dem „Fuße"? Ich gebe zu, mein Launenspektrum ist im Vergleich zu dem anderer nicht nur ziemlich breit gefächert! Daher ist die doch allseits so beliebte „gute Laune" nicht immer gleich auffindbar, aber es kommt dann doch wie es kommen soll: irgendwann ist der Groll verflogen! Dieses Motto funktioniert nur nicht immer: eine meiner Brillen suchte ich über ein Jahr… und kaufte mir eine neue! Eines weiß ich jedoch gewiss: dass ich irgendwann und irgendwo auf „Gold" treffe!

Okay, ich gebe ebenfalls zu, dass ich morgens zur Freude meiner Familie ein fürchterlicher Morgenmuffel bin. Zu Beginn meiner Partnerschaft / Freundschaft / Liebe zu Moritz hatte ich das ziemlich gut im Griff. Man bemüht sich, zeigt die guten Seiten, verbirgt die schlechteren. Nur jetzt lassen sich weder meine dicken Augen noch meine strubbligen Haare kaschieren und die Knochen fangen an, morgens nach meinem Gehirn aus dem Bett zu fallen...

Ich stehe eigentlich lieber freiwillig eine halbe Stunde früher als der Rest der Familie auf, damit ich in einigermaßen ansprechbarer Laune bin, wobei „ansprechbar" ebenfalls ein relativer Begriff zu sein scheint. Und da „beißt sich mal wieder die Katze selbst in den Schwanz", denn wer steht schon gerne früh auf? Wenn ich zum Beispiel großen Hunger habe, dann sinkt mein Freundlichkeits-Barometer auf „Gewitter". Wenn der Tag für mich, die ich doch tatsächlich den Beinamen „Prinzessin auf der Erbse" trage, entspannt beginnt, dann bin auch ich nicht mehr zu halten. Es gab tatsächlich schon Tage, da habe selbst ich morgens beim Frühstück mit meiner Familie laut gesungen, habe Geschichten zum Besten gegeben oder war einfach nur zufrieden. Aber diese Tage lassen sich fast an zehn Fingern abzählen. Als pessimistisches Geschöpf der Gattung „homo sapiens" gehöre ich zu der Art Mensch, bei der alles erst einmal kritisch hinterfragt wird, bei der das Glas schon halb leer ist und „um Gotteswillen" die Hälfte schon vorbei.

Hat man sich aber erst einmal mit dieser Tatsache abgefunden, lässt es sich sehr gut damit leben. Und allzu schlimm kann es denn ja doch nicht mit mir sein, denn mein Mann hat mich ja schließlich freiwillig geheiratet, es gab keine ernsthaften Warnschüsse seitens der Familie (oder vielleicht doch?) und er scheint zumindest seit 19 Jahren ganz gut mit dem Umstand zu leben, dass ich so bin wie ich bin.

An dieser Stelle eine kleine Randbemerkung für die Frauen unter den Lesern: ich habe meinen Mann schon so manches Mal durchschaut und es kommt in mir der Verdacht hoch, dass es nicht an meinem Mann sondern an dem „Mann" an sich liegt, dass er in so vielen Situationen durchschaubar erscheint! Gab es doch tatsächlich mal ein Weihnachtsfest, an dem ich alle Geschenke schon kannte, bevor ich sie auspackte! Und dieses lag nicht an Neugier oder Schnüffelei sondern einzig und allein an der Tatsache, dass auch Männer Geheimnisse nicht immer geheim halten können...

Wenn ich so ein wenig darüber nachdenke, dann könnte ich mir vorstellen, dass so mancher, der von unseren Erlebnissen in jenem Urlaub auf Mallorca liest, die Arme über dem Kopf zusammenschlagen wird. Es könnte sich gefragt werden, wie wir das alles unbeschadet überstanden haben. Und um ehrlich zu sein, das frage ich mich heute noch!

Mallorca ist eine magische Insel. Darüber will ich auch gar nicht streiten — die Magie in unserem Urlaub bestand allerdings darin, ihn unbeschadet zu überstehen! Ob ich jemals den Mut finden werde, diese Insel ein weiteres Mal zu betreten, das weiß ich nicht. Möglicherweise ist es schade, die stillen Plätzchen, malerische Buchten und viele beeindruckende Aussichten nicht angetroffen zu haben, aber wahrscheinlich werde ich das alles erst in einem weiteren Leben erkunden...

Es stellt sich mir die Frage, ob sich grundsätzlich unsere Urlaubsvorstellungen seither verändert haben? Sind die Träume von der schönsten Zeit des Jahres im Prinzip nur noch Schall und Rauch? Gehen wir nun anders an die Planungen unserer Urlaube?

Die Antwort fällt für mich, die ich Sternzeichen Krebs bin, überraschend deutlich aus: Ja! Ich weiß, dass der Urlaub auf Mallorca damals von uns irgendwie überstanden wurde und jeder folgende Urlaub diesen im Hinblick auf Katastrophen bis heute zum Glück nicht „toppen" konnte! Und eines meiner persönlichen Ziele ist (wen wird es wundern) : es nicht geschehen zu lassen, ein zweites „Mama Mallorca"!

Alles beginnt einmal im Leben

Wir hatten schon während des Studiums meines Mannes Moritz und meiner langjährigen Berufstätigkeit viele unvergessliche Erlebnisse gehabt. Wenn ich hier so an meinem Computer sitze fallen mir nach und nach tatsächlich einige Anekdoten ein. Manche davon sind einem nachhaltig im Gedächtnis geblieben, viele davon waren schön. Das lag sicherlich auch an der großen Fülle von Freunden und Bekannten, die wir damals noch hatten. Heute hat sich der Kreis der Lieben, die wir um uns gescharrt haben, deutlich geschmälert. Aber wir hatten ja damals auch mehr Zeit für unsere Freunde, so ganz ohne Kinder...!

Wir erlebten zudem viel Freud und Leid innerhalb unserer Familie und so war es vielleicht ganz selbstverständlich, dass wir aus Sicht derjenigen in unserem Umfeld, die nicht unsere Stärke und Risikobereitschaft einzuschätzen vermochten, viel zu früh mit der Familienplanung begonnen hatten. Argumente wie „Lebt doch erst einmal und nutzt die Zeit aus!", „Wenn Moritz keinen Job bekommt, was dann?" (War mein Job damals nicht auch was wert? Ich hätte zum damaligen Zeitpunkt unsere Familie rein monetär besser ernähren können als mein Mann), „Kinder kosten Geld und das habt Ihr nicht" waren keine Seltenheit.

Aber es gab auch andere Kommentare, die uns Mut machten. Oder auch Menschen, die uns gar nicht beeinflussen wollten. Letztendlich siegte die Risikobereitschaft in uns! Heute sind wir dankbar, dass unsere Kinder zu den ältesten im Freundeskreis gehören. Sie können lesen, schreiben, rechnen, schwimmen und bleiben auch schon mal einen Abend allein zu Hause, wenn wir eine Einladung haben. Wir genießen eben jetzt unsere Unabhängigkeit. Ich denke, alles im Leben hat seine zwei Seiten! Ganz sicher haben wir nicht das Gefühl, etwas verpasst zu haben. Denn was wäre aus „Mama Mallorca" geworden, wenn wir unseren „Dicken" nicht dabeigehabt hätten? Wären wir überhaupt nach Mallorca geflogen?

Wann und wo fing „alles" an? Wo hat „Mama Mallorca" den Ursprung? Lag es schon an den Jahren davor, als Moritz nach dem Maschinenbaustudium bei einer größeren Firma in Hamburg angefangen hatte? Zu dem Zeitpunkt konnten wir uns sehr glücklich schätzen, dass er trotz seiner tollen Qualifikation überhaupt einen Job gefunden hatte, und das auch noch in einem renommierten Hamburger Unternehmen! Zu jener Zeit waren Maschinenbauingenieure am Markt nicht besonders gefragt und so war es fast selbstverständlich, dass er auch weit unter dem Schnitt bezahlt wurde (Konnte er sich doch glücklich schätzen überhaupt untergekommen zu sein! Das schien damals die Parole der Personalabteilung gewesen zu sein). So hieß es also weiter für uns: Sparen, sparen, wo es nur ging. Heute, zu einem viel späteren Zeitpunkt und einem viel höheren Einkommen frage ich mich, wie wir damals überhaupt überleben konnten. Und auch heute hat die Vergangenheit mich eingeholt, denn wir müssen wieder sparen, sparen...

Unser erster Sohn Sebastian ist schon fünfzehn Jahre alt geworden. Er ist derzeit auf dem hiesigen Gymnasiums und bereitet uns rie-

12

sige Freude! Heute stellen sich schon die Weichen für das, was er später alles erreichen kann. (Das ist zwar uns, aber ganz sicher nicht ihm klar und so warte ich gespannt darauf zu erfahren, was wir mit ihm und seinem kleinen Bruder noch alles erleben werden!) Es ist erschreckend, wie sich das Leben eines Schülers in 30 Jahren verändern konnte. Ich glaube nicht, dass ich als Kind derartigem Stress unterlegen war — das hat sich jedoch bis heute sehr verändert. Nicht, dass ich unter Stress leide (wer käme denn auf diese absurde Idee?), sondern die Tatsache, dass Kinder heutzutage Stress erleben, ungelenk und übergewichtig sind. Woran liegt das? Was ist mit der heutigen Generation der Eltern passiert, dass sie derartiges zulassen? Sind wir nicht alle verpflichtet, dem entgegen zu steuern? Gibt es immer wieder Katastrophen, die man erst erkennt, wenn sie passiert sind?

Alle wollen mehr! Das Kindergartenkind möchte eine größere Ritterburg als der Sandkastenfreund, der Schüler ein „geileres" Fahrrad als der Klassenkamerad, der Student einen lukrativeren Praktikumsplatz, der Nachbar einen grüneren Garten und der Kollege einen leereren Posteingangskorb.

Ich wollte damals eben auch nach Mallorca...

Von Haus aus war ich noch nie ein „Mauerblümchen" oder eine Stubenhockerin. Wenngleich ich heute doch schon lieber auf dem Liegestuhl liege, als dass ich Federball spiele... Mein Dasein als „Nur-Mutter", umgeben von Babyschwimmkursen, Krabbelgruppen und Wegwerf-Windeln füllte mich damals nicht so aus, wie ich es mir vorstellte! Wer sagt einem schon, dass mehrere durchwachte Nächte einen zermürben, ein schreiendes Kind einen an den Rand des Wahnsinns führen und die Problematik „Mein Kind kann das schon! Und deins?" eben auch zum Mutter-Dasein dazugehören?

Wer sagte mir, dass ich nachmittags noch im Schlafanzug durch die Wohnung liefe und nach einer Mischung aus Babyöl, vollgespuckten Windeln und Alete-Gläsern riechen würde? Wer? Ich las Ratgeber wie „Jedes Kind kann schlafen lernen" oder „In 4 Wochen zur Traumfigur". Zur selben Zeit zogen meine Freundinnen um die „Häuser", gingen ins Kino und kauften sich trendige Klamotten. Ich hatte ein Kind gewollt und kämpfte gegen die Folgen...

Mittlerweile arbeite ich wieder. Drei halbe Tage die Woche. Das erfordert in gewisser Weise ein gutes Organisationstalent, das ich im privaten Bereich nur leider nicht immer an den Tag legen kann. Mein Mann nennt mich wohl nicht umsonst „Häufchenbildnerin". Das Chaos ist manchmal perfekt, aber macht uns das nicht so liebenswert? Und lieber leben so wie bei „Hempels unterm Sofa" als so wie in einer Designer-Möbelausstellung. Das ist zumindest mein Motto... Mittlerweile ist mein Drang nach Freiheit und Abenteuer groß. Ich möchte was schaffen, was erleben und nicht später sagen müssen: „Ach hätte ich doch!" Und trotzdem hätte ich auf die Episode auf „Malle" verzichten können...

Wäre ich aber heute die, die ich nun bin?

Die Vorfreude war die beste Freude

Nun aber zurück in das Jahr 1995, dem Jahr, in dem alles passierte. Erleben wir nun gemeinsam „Mama Mallorca". Es sollten für uns zwei schöne, erholsame aber auch unvergessliche Wochen werden. Die Zeit, auf die man sich ca. 50 Wochen im Jahr freut. Tage, deren Vorbereitungen einen schon in Hochgefühle versetzen, deren Planungen Spaß machen und die sich eben nachhaltig an irgendeiner Stelle des menschlichen Gehirns festsetzen. Und so war es ja dann auch. Aber ganz anders als wir es uns in den kühnsten Träumen vorgestellt hatten...

Wie so viele andere Menschen vor uns hatten wir uns entschieden, spontan zwei Wochen auf der auch schon damals bei den Deutschen so beliebten Baleareninsel Mallorca zu buchen. Ehrlich gesagt, wussten wir nicht so recht was uns erwartet und wie das alles so funktioniert. Und ein Blick auf unser Konto ließ aber zu dem Zeitpunkt keine Alternative zur Glücksreise zu. Außerdem hatten wir in jenem Jahr bereits einen verregneten Urlaub in Dänemark hinter uns — aber dazu später!

Wir hatten jedoch schon sehr viel Positives über diese Insel im Mittelmeer gehört. Nicht umsonst fuhren Jahr um Jahr so viele Touristen dorthin. Außerdem war Mallorca damals bekannt für günstigen Urlaub in der Sonne, so dass wir es Bekannten nacheifern wollten, die ebenfalls sehr kurzfristig mit ihrem kleinen Sohn eine „Glücksreise" nach Mallorca gebucht hatten.

Wie es natürlich immer in Bekannten- bzw. Freundeskreisen ist, zeigt man sich die Urlaubsfotos oder neuerdings sogar noch die Urlaubsvideos. So geschah es dann auch im Frühsommer 1995. Unsere Bekannten, nennen wir sie an dieser Stelle einfach mal Carola und Eckhard, hatten nämlich wirklich Glück auf ihrer Glücksreise nach Mallorca! Ebenso, wie es der Name vorab schon versprochen hatte. Warum also sollte das nicht auch bei uns so sein? Würde ein Reisebüro eine weniger attraktive Reise denn auch „Pechreise" benennen?

Carola und Eckhard hatten damals ein recht komfortables und vor allem kinderfreundliches Hotel direkt am Strand von Alcudia als ihr Überraschungsdomizil nennen können. Sie verbrachten dort einen entspannten Urlaub, lernten nette Leute kennen und kamen vor allem erholt und entspannt zurück nach Hause. Auch ein anderes Paar in unserem Bekanntenkreis hatte gerade in diesem Frühsommer zwei Wochen im Süden verbracht. Zwar nicht ganz so entspannt, wie sie es sich vorgestellt hatten, aber das lag an der kleinen Tochter, die noch nicht einmal einen Fuß ins Wasser setzen wollte. Eben dieses Paar, vielleicht hießen sie Manuela und Oliver, hatte in dem Urlaub die schönen Eindrücke auf Video festgehalten. Auch wenn dieser Urlaub keine „Glücksreise" war sondern regulär aus dem Urlaubskatalog gebucht, hinterließen diese Bilder von Sonne, Strand und Meer bei mir neidische Eindrücke und den Wunsch, in dem Sommer auch noch in die Wärme zu fliegen.

Aber wie sollte das funktionieren? Wir hatten kein Geld, das Konto war überzogen und Aussicht auf Besserung war nicht in Sicht…

Vielleicht rekonstruiere ich an dieser Stelle den Dialog von damals, als die Horde von uns Muttis während eines „Krabbelgruppen-Treffens" über Urlaub in dem Sommer sprach:

Es ist wieder ein Mittwochmorgen. Das heißt „Krabbelgruppe". Ein Blick aus dem Fenster (es war mal wieder „Hamburger Schmuddelwetter", und das im Sommer!), ein weiterer Blick auf den Kalender („Wo findet denn heute das Treffen statt? Doch nicht etwa bei mir?"), den Jungen noch schnell gewickelt und dann Sack und Pack zusammen gesucht.

Unglaublich, an was man bei so einer kleinen Exkursion alles denken muss! Jedes Mal spulte dieselbe Liste in meinen vielen Gehirnwindungen ab (Ist das von Vorteil, dass ich das so schreibe? Sonst schreibe ich lieber, dass ich wenige Windungen habe. Im Endeffekt habe ich sowieso keine Ahnung, wie viele Windungen es tatsächlich sind. Mal mehr, wenn ich mich an etwas erinnern möchte und mal weniger, wenn es mir nicht einfällt? Bin ich möglicherweise ein menschliches Phänomen?)

Eine unbekannte Hirnwindung hatte damals auch folgendes zu bearbeiten: „Habe ich Gläschen eingepackt? Aber vielleicht sollte ich noch eine Banane oder so einpacken?" Ich will ja eigentlich nicht, dass die Mädels denken, ich würde es mir mit den Gläschen bequem machen! Es war nun mal bequem und auch gesund. Außerdem hatte die Banane in meinem Obstkorb mehr braune Flecken als gelbe, der Apfel war schrumpelig und ich hatte keine Lust, noch schnell in den nächsten Laden zu gehen (mal so eben, mit Kinderwagen und allem Gedöns…), um da eine Banane abzuwiegen und dann das genervte Gesicht der Verkäuferin zu ertragen, die sich der armen, einsamen Banane annehmen musste.

Fünf Frauen, fünf so unterschiedliche Kinder verbringen die meiste Zeit des Tages gemeinsam, bei Wind und Wetter! Zur damaligen Zeit hatte keiner von uns ein Haus geschweige denn einen größeren Garten. Die Kinderwagen wurden in den Hausfluren verstaut oder im Auto untergebracht. Mittagsschläfchen, wenn überhaupt, fanden beim Spaziergang statt!

Wieso war es eigentlich immer mein Sohn, der sich lieber im Kinderwagen liegend die Wolken ansah, seinen Schnuller ständig im Mund herum rollte bis er endgültig aus dem Mund fiel und ungefähr fünf Minuten vor Ende die Augen schloss? Wieso schlief meiner nie in einem Kinderwagen, der sich nicht bewegte? Warum schlief er grundsätzlich an Krabbelgruppentagen nur bis 5.30 Uhr? Und warum hatte meiner zeitweise eine Unart, die anderen Kinder zu beißen, so dass wir dann schließlich aus der Gruppe ausgeschlossen wurden? Warum passieren die Dinge immer anders als man es sich wünscht?

Stunde um Stunde hockten wir Frauen zusammen, tauschten die neusten Erkenntnisse aus, trennten streitende Kinder, wechselten im Rundum-Verfahren die Windeln oder fütterten die Kinder ab. Bei belegten Brötchen, Kaffee, Kuchen und Obstsalat verging Stunde um Stunde und es war nicht immer nur nett! Es war auch anstrengend! Auf der anderen Seite halfen mir diese Treffen, den langweiligen Alltag zu verdrängen. Ich stellte fest, dass ich nicht allein auf der Welt war, dass andere Kinder auch mal Probleme bereiteten. Ich nahm Anregungen auf, hatte auch meinen Spaß und denke gerne an diese Tage zurück.

Damals wollte ich am liebsten drei Jungen innerhalb von drei Jahren! Warum klappte es eigentlich immer bei den anderen sofort, bei manchen sogar ungeplant? Warum musste gerade ich jeden Morgen meine Temperatur messen, um den „günstigsten" Tag zu finden, um dann am vermeintlich Tag „geplanten" Sex zu haben? Ich wünschte mir damals nicht nur ein Einzelkind, ich wollte ganz viele! (Anmerkung der Autorin an dieser Stelle: Zum Glück kam es anders als ich damals wollte! Auch hier die Randbemerkung: Es kommt so, wie es kommen soll...)

Nun aber zurück zu der arbeitenden Gehirnwindung: Ich hatte nur noch zwei Windeln im Schrank und war ein wenig im Zeitdruck, denn ich musste mit dem Bus fahren und der fuhr von meiner Haustür nur einmal die Stunde nach Reinbek (...).

Ich suchte die Wohnung nach einigen Windeln, natürlich unbenutzt, ab! Natürlich hätte ich es vorher wissen müssen, dass es eigentlich nur einen Raum in unserer Wohnung gab, in dem ich suchen sollte, denn wo bewahrt man Windeln auf, wenn nicht im Kinderzimmer? Möglicherweise unterm Schlafzimmerbett, im Kosmetikschrank im Bad? Gar im Kühlschrank? Wie dem auch war, die letzten beiden fand ich in der Wickeltasche, was bedeutete, dass ich entweder auf dem Hinweg zum Treffen noch Windeln kaufen musste, oder aber, dass ich das Risiko eingehe, mit nur zwei Windeln bewaffnet die Reise ins Krabbelgruppen-Abenteuer zu wagen...

Es war schon spannend, in welchen Ecken unserer kleinen Drei-Zimmer-Wohnung ich immer wieder auf irgendwelche nicht benötigten, aber dennoch interessanten Schätze traf. Grundsätzlich waren es selten die Dinge, die ich dann gerade suchte. An diesem Tag war es Sebastians Schirmmütze, die mir auf unerklärliche Weise abhanden gekommen war. Es war wie verhext! Unter dem Sofa fand ich eine verklebte Kuchengabel. (Wer mag die dort hingelegt haben? Lag da womöglich noch der Kuchen, gar eine Torte? Ein kurzer Blick und ich war beruhigt.)

Im Kleiderschrank, dort wo normalerweise die Mütze in trauter Zweisamkeit mit der anderen Mütze lag, die ebenfalls irgendwann, irgendwo vergessen wurde, lag die dringend benötigte Kopfbedeckung ebenfalls nicht. („Herrje, kann denn nicht mal irgendetwas normal laufen am Morgen? Wieso habe gerade ich ein Kind, das keine Haare auf dem Kopf zu bekommen scheint?")

Der Dicke hatte in der Zwischenzeit zum dritten Mal die Besteckschublade im Wohnzimmerschrank geleert (na ja, irgendwo müssen die Kinder sich ja austoben dürfen...) und spielte überglücklich mit den neuen Steakmessern! Nur jetzt nicht nervös werden, Leonie! Und schon gar nicht laut! (Dann ist die Zunge geteilt, wie bei der Schlange Ka im „Dschungelbuch"!)

»Süßer, da bist du also! Das finde ich ja toll, dass du der Mami helfen möchtest! Du würdest mir einen ganz, ganz großen Gefallen tun, wenn du dieses kleine, unscheinbare Messer wieder zurück zu den anderen legen würdest.«

»Nein!« (Sebastian hielt es nicht einmal für nötig hoch zu schauen!)

»Sebastian, guck mal, die anderen langweiligen Messer in der Schublade sind doch sonst traurig! Wenn du es nicht machst, dann mach ich es!« Leise hinterher: »Und das wird dir nicht gefallen!«

»Nein!«

Nun schüttelt er auch noch den Kopf…

»Du, Dicker, Mama wird gleich richtig böse! Wir wollen doch zu Carola fahren, da kannst du mit den anderen Kindern spielen. (Ob er das verstanden hatte?) Vorher musst du aber das Messer zurück in die Schublade packen. Hast du das verstanden?«

Ich wagte einen vorsichtigen Schritt in seine Richtung.

»Nein!«

Und das Messer wurde hinter seinem Rücken versteckt! Hier sei angemerkt, er war erst 15 Monate alt!

»So, nun reicht es mir aber, Dicker! (Er war gar nicht dick…) Der Bus kommt gleich, du hast keine Jacke an, noch nicht mal eine von den Mützen auf, die sowieso nie auf dem Kopf bleiben und nun gibt mir endlich dieses dumme Messer!«

»Neeeeein!«

Das war gebrüllt!

Der geduldigste Mensch bin ich wirklich nicht. Natürlich sollen Kinder ihre eigene Welt entdecken, Erfahrungen sammeln, eigene Wünsche äußern, aber das ging eindeutig zu weit! Ich schnappte mir meinen Sohn, der vor Schreck das Steakmesser aus den Händen fallen ließ und wartete auf noch größeren Protest! Aber was passierte? Nichts! Der Kleine grinste mich an und hatte das Messer scheinbar schon wieder vergessen! Wie lieb er mich anschaute! Ich würde den Bus noch erreichen und freute mich schon auf ein knackiges Brötchen und eine Tasse Tee. Als ich gerade dabei war meine Jacke zuzuknöpfen, drang mir ein sehr bekanntes Motorengeräusch an die Ohren...

»Nein, das konnte doch nicht der Bus nach Reinbek sein!? Wieso denn jetzt schon? Wollen mich denn heute alle ärgern? Ich war doch noch gar nicht fertig!«

Auch wenn ich mich beeilt hätte, der Bus war weg! So ein Mist! Nie wieder würde ich mit Freude ein Steak essen und ich nahm mir vor, am Nachmittag im Baumarkt eine Schubladensicherung zu kaufen! (Welches ich für den Schrank nie mehr tat!)

Es war also wieder einmal einer dieser Tage, an dem ich mir abends sicher nicht auf die Schulter klopfen konnte...

Zum Glück wohnten wir damals nicht so richtig auf dem Lande. Alle 20 Minuten fuhr vor unserem Haus ein Bus in Richtung Hamburg-Bergedorf oder eben in Richtung Reinbek. So dachte ich zumindest... In diesem Glauben konnte ich mich wieder entspannen, dem Kleinen die Jacke richtig zuknöpfen, in der Wickeltasche nach meinem Lippenstift suchen (?) und den Windeleimer noch schnell entsorgen. („Oskar", die Windeltonne, war schon eine Herausforderung für die Geruchsnerven. Und das Nach-Hause-Kommen ist umso schöner, wenn es mal nicht nach Kinderk... stinkt! War der Abend so vielleicht auch schon so vorzeitig gerettet?)

Schließlich stand ich mit Sack und Pack an der Bushaltestelle, der Bus kam und was folgte — der eingesetzte Bus fuhr insgesamt nur noch drei Haltestellen an. Er fuhr nicht durch bis nach Reinbek! „Oh nein, nicht schon wieder!" Natürlich war mir das nicht das erste Mal passiert und im Grunde genommen war nur der Busfahrer an meiner Misere schuld.

Aber was bedeutete das in dem Moment für mich? Mir blieb mal wieder nichts anderes übrig, als zu Fuß, bei Nieselregen, den Weg nach Reinbek anzutreten. (Warum hatte ich mir eigentlich so aufwendig meine Haare geföhnt?) Ich muss nicht erwähnen, dass es über Kopfsteinpflaster, an einer sehr befahrenen Straße entlang und auch bergauf ging, Sebastian mittlerweile die Windeln voll hatte (und ich damit eine weniger...) und ich die sogenannte „Schnauze"...

Ich schaffte es aber, nicht die Letzte zu sein und stand schließlich schnaubend vor Carolas Wohnung, den Finger schon auf dem Klingelknopf. Es überkam mich plötzlich ein ganz ungutes Gefühl. War ich etwa heute für die Brötchen verantwortlich? Wieso kann ich mir das nicht einfach mal merken? Meine Kondition hätte mich mit einem weiteren Spaziergang, ein Stück zurück zum Bäcker, bergab natürlich und dann wieder bergauf, garantiert verlassen. Welche Kondition überhaupt? Würde es gegen Mittag vielleicht mal richtig regnen, damit ich nicht auch noch mit der Karre durch die Feldmark schieben müsste...? War es möglicherweise ein Fehler, diese Reise überhaupt angetreten zu sein? Hätte ich nicht mit meinem Sohn zuhause bleiben müssen? Hatte ich gar die Zeichen übersehen? Ich drückte dann schließlich doch auf die Klingel (die Brötchen waren mir egal!), mir wurde geöffnet und eine schrille Stimme rief:

»Ach, Frau »Sowieso«! Was siehst du abgehetzt aus! Hast du mal wieder den Bus verpasst?« (Grrr...)

»Nein, Anja, ich bin freiwillig zu Fuß gegangen! Das macht schlank! Solltest du mal versuchen!«

Peng! Das saß! Und richtig platziert! Dann doch 1:0 für mich. Man sollte sich eben an solchen Tagen nicht mit mir anlegen. Das Beste aber war, dass ich keine Brötchen besorgen musste! Der Tag konnte ja doch noch besser werden als gerade erst vor ein paar Sekunden angenommen! War es vielleicht einer dieser Tage, an denen ich gerne vorlauten und besserwissenden Müttern Paroli gab?

Zufrieden mit mir selbst zog ich meinem Kleinen die Schuhe aus und entließ ihn ins Gewühl des Kinderzimmers, das sicherlich noch vor ein paar Minuten einem aufgeräumten Kinderzimmer glich, nun aber aussah, als wenn ein Erdbeben gewütet hätte. Es glich vielleicht auch einem Zirkeltraining im Survival-Camp! Matten, Decken, der entleerte Kleiderschrank (Warum sagt da mal nicht jemand was?), alles lag verstreut auf dem Boden! Waren die Tapeten noch weiß? Lagen alle Stifte noch auf dem Schrank? War es unsere Wohnung?

Mir war es egal. Ich brauchte einen Tee, ´ne Stulle mit Nutella und den neusten Tratsch! Vor allem war es wichtig, schnellstmöglich wieder ins Wohnzimmer zu gelangen, damit man selbst nicht zur Zielscheibe wurde! Oder gar das Kind!? Kaum dass ich endlich auf dem Ledersofa saß, kündigte sich schon schlimmes aus dem Kinderzimmer an! Gebrüll, Geschrei! Ich wusste schon, was passiert war! Sebastian hatte mal wieder genüsslich irgendein Kind gebissen...

Wieder drang diese schrille Stimme an mein mütterliches Ohr: „Ach Jennifer (wir durften nie Jenny sagen..., was Moritz, mein Mann, besonders gerne machte, um die Mutter zu ärgern), hat der böse, böse Sebastian dich schon wieder gebissen?" (Na, dann hat sie es vielleicht verdient? Versteht mein Sohn doch mehr als ich dachte? Hatte er eventuell gehört, wie garstig Jennifers Mutter zu mir gewesen war als wir kamen? Hatte er sich gerade mit mir verbündet?)

»Zeig mal her. Na, wenn das eine Narbe gibt, dann muss der Papa von Sebastian aber zahlen!«

Jennifer weinte eigentlich gar nicht wirklich (Ein Jahr später konnte ich sogar die Erfahrung machen, dass sie schon mit knapp drei Jahren so abgebrüht war, dass sie laut schrie, aber nie etwas passiert war!)

Es folgte jedoch nun aber noch Gebrüll zwei Oktaven höher! (Scheinbar hatte das Gör mitbekommen, dass ich es durchschaut hatte!) Die Tirade folgte schließlich von der Mutter dieses Kindes, der Dame, die mich so nett im Empfang genommen hatte... Sie war ein ganz besonderes Exemplar der Gattung „Mutti".

»Leonie, das geht nicht! Da habe ich langsam keine Lust mehr zu! Guck dir mal meine arme Tochter an! Vielleicht müsst ihr mal wieder ein paar Wochen aussetzen! Merkst du nicht, dass dein Sohn eine Gefahr für die anderen Kinder ist?«

Schlecht, ich fühlte mich einfach schlecht! Was macht man in solchen Situationen? Fahnenflucht oder in die erste Reihe stellen? Hatte ich genug Kanonenfutter für eine Schlacht?

»Ja, Anja, es tut mir wirklich leid! Ich weiß auch nicht, wieso er das macht!«

Ich wusste es tatsächlich nicht, doch heute weiß ich, dass die Tochter eben genauso wie die Mutter war... Gut gemacht, Sohnemann)

Ich weiß zwar nicht mehr, wer mich aus dieser Situation gerettet hatte, aber irgendwann saß ich schließlich wieder auf dem Ledersofa! Einen kleinen Moment später versuchte eben diese Jennifer, die Krokodilstränen über die Schandtaten meines Sohns vergossen hatte, tatsächlich meinen armen Sebastian zu küssen!

Was sollte ich machen? In meiner einen Hand hielt ich die Tasse mit nunmehr kaltem Früchtetee, in der anderen Hand mein Nutellabrötchen. War das nicht so, dass Schokolade schon immer Nervennahrung war? Es gab zwei Alternativen: das Brötchen essen oder aber, es dem nervigen Kind ins Gesicht drücken! Ich entschied mich für die erste Idee und so saß ich einfach nur da, beruhigte mich langsam und verfolgte das Geschehen um mich herum...

Wir waren damals wirklich ein bunt zusammen gewürfelter Haufen, entstanden aus dem Geburtsvorbereitungskurs des Krankenhauses in Reinbek. Nur Manuela hatte ich im Krankenhaus kennen gelernt und in die Gruppe „eingeführt". Alle waren wir fast gleich alt — um die 30 Jahre. Für alle war es das erste Kind. Alle haben dann irgendwann ein zweites bekommen und die Fehler, die wir damals machten, sicher wiederholt!

Es ist schon interessant, wie unterschiedlich wir uns in den vergangenen 10 Jahren verändert haben. Die Gruppe löste sich dann schließlich ohne wirklichen Grund auf. Wir passten nicht zusammen, und die Kinder auch nicht... Nur zu Manu hatte ich noch länger Kontakt!

Zurück in das Wohnzimmer von Carola: Manuela hatte ihr Urlaubsvideo eingepackt und wollte uns Frauen natürlich gerne von dem Urlaub auf Menorca erzählen.

»Sag mal, Manu, hast du eigentlich die Urlaubsfotos mit? « fragte Carola aus der Küche. »Du hast ja irgendwie noch gar nichts von eurem Urlaub erzählt!«

Klang da ein gewisser hämischer Unterton mit? Meine Ohren waren gespitzt.

»Du, Carola, wir fotografieren eigentlich gar nicht mehr. Heutzutage hält man die Eindrücke viel besser auf Video fest!« (Da war er wieder, der unterschwellige Ton zwischen diesen beiden Frauen!) und mir kam der Gedanke: „Ah ja, ´ne Videokamera hätte ich auch gerne, irgendwann wenn wir es uns leisten können. Dann sind die Kinder bestimmt schon verheiratet..."

»Entschuldige bitte, Manu«.

Carola war mittlerweile mit einer vollen Teekanne zurück im Wohnzimmer.

»Dann eben das Video! Wir haben jedoch auf herkömmliche Weise unseren Urlaub festgehalten. Ist das nicht mehr standesgemäß?« (Juhu, geht das Gezicke schon wieder los?)

»Du nun wieder, Carola. Nun lass uns endlich mal den Film angucken. Menorca, das ist echt eine Reise wert. Das Hotel war zwar nicht ganz so schön, wie wir erwartet hatten, aber die Landschaft, das Meer... usw., usw., usw.« kommentierte Manuela nun das mitgebrachte Urlaubsvideo über eine halbe Stunde.

Mehrfach mussten wir die Pausentaste drücken, weil es sich irgendein Kind herausgenommen hatte, uns beim Fernsehen zu stören...

Ich gebe zu, das Video war schön. Wir hatten im Vergleich dazu mit unserer Uralt-Kamera in Dänemark sehr schlechte Bilder geschossen. Aber vielleicht lag das auch an dem schlechten Urlaub bei schlechtem Wetter?

Am besten fand ich Szene in dem Video als Olli, der Mann von Manuela, mehrfach versucht hatte seine kleine Tochter davon zu überzeugen, dass Wasser nun mal nass und der Swimmingpool zum Baden ist. Es ist ihm zumindest bis zum Ende des Filmes und damit bis zum Ende des Urlaubes nicht gelungen. Warum sollten die beiden nicht auch mal Probleme mit ihrem Kind haben. (Hatten sie kaum. Mandy war in meinen Augen das pflegeleichteste Kind, das ich zu dem Zeitpunkt kannte!)Aber egal! Die Sonne, der Strand, das Wasser, der Pool. Neidisch hörte ich mir dann auch noch im Anschluss Carolas Erlebnisse an. Sie klangen ähnlich schön, das musste ich zugeben.

Wieso fragte mich an diesem Tag gar keiner nach meinem Urlaub in Dänemark? Ich vermute, die hatten gar nicht bemerkt, dass wir zwei Wochen nicht da waren... Meine Gedanken verloren sich. Ein paar Tage im warmen Spanien... Ob wir es uns vielleicht doch irgendwie leisten könnten? Ich könnte so gut noch ein paar Tage in der Sonne verbringen! An diesem Tag fiel es mir immer schwerer mich auf die Gespräche zu konzentrieren. Meine Gedanken blätterten schon die Seiten im Reisekatalog um – Seite für Seite. Ich überlegte krampfhaft, wie ich Moritz überreden konnte, einen weiteren Urlaub mit uns zu buchen... Und fragte mich einmal mehr, woher ich das Geld bekommen würde!

Den Weg nach Hause ging ich an jenem Tag sogar freiwillig zu Fuß, meinen schlafenden Sohn im Handgepäck. Natürlich hatte es mittags geregnet und wir konnten nicht mit den Kindern eine Tour durch die Feldmark machen. Auf dem Rückweg, so gegen 17.00 Uhr, machte der Dicke dann seinen Mittagsschlaf! Von Fern drangen spärlich die Geräusche der vorbeifahrenden Autos an mein Ohr. In Gedanken lag ich schon auf meiner Liege, irgendwo, wo es schön warm war.

Das Schicksal nimmt seinen Lauf

Ich hatte mir an jenem Nachmittag fest vorgenommen, Moritz zu einem Urlaub auf Mallorca zu überreden und so erwartete ich ihn sehnsüchtig am Abend. Muss ich an dieser Stelle erwähnen, dass ich wie zufällig auf dem Rückweg an einem Reisebüro vorbei schlenderte, und dass sich noch zufälliger einen Katalog in dem Kinderwagennetz fand?

Natürlich hatte ich vor dem Gespräch mit Moritz schon ein paar Seiten im Katalog umgeknickt, die mich besonders angesprochen hatten. Ich wollte gut vorbereitet in dieses „Meeting" gehen! Und so hatte ich bereits Zettel, Stift und den Taschenrechner gezückt und schon einmal die Finanzen gecheckt. Es sah sehr, sehr schwarz aus — aber nicht hoffnungslos. Zeigte sich da eine unbekannte optimistische Seite in mir?

»Duu, Moritzi!«, so begrüßte ich meinen Göttergatten an diesem Abend.

»Na, Mätzchen, was willst du? « (Herrje, er kennt mich doch auch zu genau!)

»Weißt du, heute haben wir uns mit der Krabbelgruppe bei Carola getroffen. Alle (waren es wirklich alle? Hatte ich über all den Urlaubsgedanken gar nicht mehr behalten, wer an dem Tag mit mir zusammen war?)

»Alle hatten die Urlaubsfotos dabei. Manu sogar ein Video!«

Neigte ich ein wenig zur Übertreibung? Hatten auch Andrea und Anja Bilder mit? Versuchte ich, mit ein wenig „dazudichten", das Rennen zu gewinnen?

»War es nett?«

»Duu, Moritzi, hättest du nicht auch noch Lust auf Sonne, Strand und Meer? «

»Hatten wir doch, in Dänemark!«

Moritz lief mittlerweile wieder nur in Unterhose durch die Wohnung und spielte mit dem „Dicken" „Gulla-Gulla". Beide kreischten um die Wette. Irgendwie hatte ich das Gefühl, er hörte mir nicht zu! Man, das war jetzt ein entscheidender Moment. Nun keinen Fehler machen! Und wieso Sonne in dem Dänemarkurlaub?

»Regen hatten wir, Moritz. Ganz viel davon! Weißt du, Carola erzählte uns, dass sie eine „Glücksreise" gebucht hatten. Sie wussten nicht, in welchem Hotel sie untergebracht werden sollten, hatten dafür aber nur pro Person 150 Euro bezahlt. Mit Halbpension und Flug!«

»Aha«

»Sag mal, hörst du mir überhaupt zu?«

Merkt der Kerl denn nicht, dass es hier praktisch um Leben oder Tod ging?

»Kannst du mir das noch einmal sagen. Der Kleine hat gerade so laut geschrien, Mätzilein.« (Wie gemein, die Schuld dem Kleinen zu zuschustern...)

»Also,...!«

Ich erzählte ihm von dem Tag bei Carola, den Bildern und den Preisen. Wie zufällig holte ich meine Berechnungen dazu, den Kontoauszug, den Katalog, eine Flasche Sekt mit zwei Gläsern und legte so ganz nebenbei die tristen Fotos aus Dänemark auf den Tisch. Ich merkte, das Eis schmolz. Moritz würde mir die Sterne vom Himmel holen...

»Du kannst ja morgen mal im Reisebüro nachfragen. Aber mehr als 150 Euro pro Person sind nicht drin, Matz!«

Jo, ich hatte es geschafft! Die folgende Nacht hatte ich vor Aufregung kein Auge zugetan.

Am nächsten Morgen lief bei mir komischerweise alles wie am Schnürchen, so dass ich um Punkt 10 Uhr mit dem „Dicken" in der Karre vor dem Reisebüro in Bergedorf stand. Keine Mütze hatte ich suchen müssen, kein Bus, der mir vor der Nase wegfuhr! Die Zeichen standen auf Sieg!

Eine halbe Stunde später, um knapp 300 Euro erleichtert und über das Prozedere einer Glücksreise informiert, fuhr ich beschwingt mit dem Bus zurück nach Hause. In Gedanken schrieb ich schon die Packliste für den Urlaub mit der „Glücksgarantie"...

Wie dem auch sein, meine letzten Zweifel an einer „Glücksreise" waren tatsächlich spätestens auf der Heimfahrt erloschen. Wer käme denn auch auf die Idee, dass eine Glücksreise nicht zu dem versprochenen Glück führt? Wir hätten es eigentlich besser wissen müssen!

Unseren Nerven wäre die eine oder andere Strapaze erspart geblieben und Haarausfall wäre vielleicht auch ein paar Jahre später erst ein Thema geworden...

In dem Jahr, in dem sich also dieser unvorstellbare Urlaub ereignete, hatten wir bereits diese regnerische Woche in einem Haus an der dänischen Nordsee verbracht.

Dänemark ist in unserem Freundeskreis für Urlaube mit Kindern bekannt und sehr beliebt, wenngleich die Kosten für ein Haus und die Verpflegung mittlerweile einen Vergleich zu den Mittelmeerländern durchaus rechtfertigen würde!

Ich frage mich, warum ein Dänemarkurlaub so teuer ist? Man mietet sich in das Haus fremder Leute ein, deren Geschmack im Vergleich zu den modernen Hotelzimmern doch oftmals zu wünschen übrig lässt! Man packt das Auto bis zum Dach mit Lebensmitteln von Aldi voll, weil die Lebensmittelpreise in Dänemark alles andere als familienfreundlich sind, und dann? Waschen (nach Regen folgt Matsch...), Kochen (wo will man Essen gehen?), Staubsaugen (Dünensand...) etc.!

Was ist denn nun in diesen Urlauben anders als zuhause? Die Aussicht? Die Sprache? Die viele frische Luft? Oder sind es einzig und allein die Hot Dogs, denen man einen unvergesslichen Urlaub in Dänemark verdankt? Warum fahren Familien mit kleinen Kindern so gerne dorthin? Warum fuhren wir?

Ansonsten scheint es mir, dass sich bei einem Dänemarkurlaub mit Ferienhaus nur der Standort des Domizils verändert und der bekannte Zeitdruck nachlässt. Alles andere bleibt eben doch gleich... Manchmal spielt einem in Dänemark auch das Wetter einen Streich. So auch uns, denn es regnete viel und anhaltend. Wen hat das nicht überrascht?

Weil unter diesen Umständen bei den fürchterlichen Witterungsverhältnissen auch nach einer Woche keine wirkliche Erholung eintrat (abgesehen davon, dass man wegen eines Kleinkindes eh schon nicht mehr ausschlafen kann...), versuchten wir es mit der notwendigen Erholung ein paar Tage später im Wohnwagen meiner Eltern an der Ostsee.

Süssau war und ist immer wieder ein dankbarer Anlaufpunkt für mich gewesen. (Abgesehen von meiner Teenie-Zeit — da war das Wochenende in Süssau die reinste Folter!)

Aber auch in Süssau schien es Petrus nicht besonders gut mit uns gemeint zu haben, denn es regnete ebenfalls die bekannten „Bindfäden", die Münzwaschmaschine lief auf Hochtouren und zum Essengehen fehlte das Geld...

Regen, Matsch, Kälte und klamme Klamotten machten aus der kleinen Oase, die sich meine Eltern in Süssau geschaffen hatten, einen Ort, von dem man ganz schnell wieder verschwinden möchte.

Das wollten und das taten wir dann auch mit der Feststellung, dass jener Sommer weder ein Sommer, noch der Urlaub ein Urlaub war, den wir bitter gebraucht hätten...

So kam es dann wohl auch, dass selbst Moritz sehr schnell Gefallen an dem Gedanken fand, noch ein paar Tage Urlaub in einem anderen Klima zu verbringen. In jenen Momenten war uns der Stand unseres Girokontos wirklich sehr unwichtig!

In der Hoffnung, das echte Urlaubsglück dann zumindest auf Mallorca zu finden, wagten wir einen dritten Urlaub in jenem Sommer! Ganze vier Wochen sollten wir damals nur noch bis zu den verdienten Tagen in der Sonne warten. Irgendwie hatte ich Moritz ja ganz schön überrumpelt, oder wären wir sonst Ende Juli mit einem Kleinkind in Richtung Spanien geflogen? Kam da dann doch der Egoismus zum Tragen? War es nicht so, dass man Kindern dieses Alters der direkten Sonneneinstrahlung nicht aussetzen sollte? Hatte Sebastian schon je eine Nacht durchgeschlafen? Und: hatte ich überhaupt genügend Wäsche für ihn?

Wir waren sehr gespannt wie die Reise mit unserem Wirbelwind von Sohn funktionieren sollte. Nur waren wir ja nicht die Ersten und einzigen, die das Wagnis des Unbekannten ausprobierten! Und bei den anderen aus der Krabbelgruppe hatte es ja auch mit dem Urlaub, der Erholung und dem Spaß bei einer „Glücksreise" bzw. einer Reise ins mediterrane Klima prima geklappt!

Also erzählte ich eine Woche später in der Krabbelgruppe von unserem Vorhaben. Niemand dort kam auf die Idee, dass die vierzehn Tage in einem Fiasko enden würden. Bekanntlich ist die Vorfreude auch die beste Freude. Daran hätte ich denken müssen. Ich hätte bei jeder Strumpfsocke, die ich in den Koffer packte, erfreut aufjaulen müssen! Das wäre mehr Freude gewesen als der gesamte Urlaub an sich...

Voller Motivation erzählten wir als erstes Moritz' Eltern von unserem Plan. Es hagelte, nicht ganz überraschend, Einwände und Bedenken seitens der Großeltern. Zugegebener Maßen hatten sie im Nachhinein in einigen Punkten sogar Recht. Aber unsere Generation lässt sich bei derartigen Vorhaben nicht gern umstimmen. Es mag wohl keiner, sich in die geplanten Dinge einmischen zu lassen und oftmals wird man dann eben erst durch die Erfahrung klüger!

Heute hasse ich es, wenn ich mich dabei erwische, die klugen Ratschläge meiner Eltern an meine Söhne weiterzugeben. Aber das eine oder andere ist ja doch gar nicht falsch, oder? Wir führten schon damals ein sehr abwechslungsreiches Leben. Es war zu jener Zeit auch schon gefüllt mit Musik, Sport, vielen Freunden und Bekannten und auch damals hatten wir einen etwas anderen und ungewohnten Lebensstil. Uns mit irgendwelchen, möglicherweise aus „der Luft gezogenen" Argumenten von dem Mallorca-Urlaub abhalten? Das hätte in jenen Wochen niemand geschafft. Schade eigentlich...

Meine Eltern waren da etwas gelassener als meine Schwiegereltern. Das lag sicherlich an dem schlimmen Umstand, dass bei meinem Vater erst ein paar Tage zuvor Leukämie diagnostiziert wurde, er im Krankenhaus lag und bereits Chemotherapie bekam und die beiden so ganz andere Sorgen hatten. Sonst wären von dort sicher „etwas" konstruktive Kritik, eine Routenplanung für eine Inselrundfahrt und sicher auch der Euro-Stecker gekommen. (An dieser Stelle sei jedoch angemerkt, dass meine Eltern in meiner Kindheit dreimal mit meinen Brüdern und mir jeweils in drei Tagen mit dem Auto von Hamburg nach Lissabon in Portugal und zurück fuhren!)

Ich hatte damals schon etwas Angst meiner Mutter von den zwei Wochen zu erzählen. Ich würde sie bei der Betreuung meines Vaters in der ersten entscheidenden Phase der Chemotherapie nicht unterstützen können. Aber sie sagte nur: „Fahrt! Ich schaffe das schon. Ihr braucht auch etwas Erholung! Wir wissen nicht, was noch alles kommt! Und nehmt doch Papas Fotoapparat mit! Das müssen wir ihm ja nicht sagen…" (Das Ding hütete er damals wie sein einziges Kind! Hätten wir ihn lieber gefragt…)

Ach Mama, wir verstanden uns! Damals stand es sehr schlecht um meinen Vater, aber er hat es geschafft! Und wenn wir ihn gefragt hätten, dann hätte er uns auch auf die Reise geschickt!

Eine Anreise mit Tücken

Der ersehnte Tag der Abreise nahte. Wir packten schließlich unsere Koffer. Vollgestopft mit Sonnenmilch, Windeln und ein paar Gläschen standen diese dann im Flur und warteten darauf, ins Auto geladen zu werden! Und auch wir warteten auf Oma und Opa „Sowieso", die uns zum Hamburger Flughafen fahren wollten. Schließlich kamen sie, mit knapp einer halben Stunde Verspätung. Meine Laune sank in dieser halben Stunde Zentimeter für Zentimeter. Ich bin nun mal ein äußerst pünktlicher Zeitgenosse. Man muss einfach mal an diesem Punkt erwähnen, dass meine Schwiegereltern damals ca. 700 Meter Luftlinie entfernt von uns wohnten...

Bis heute habe ich es kaum erlebt, dass meine Schwiegereltern bzw. nun mein Schwiegervater (meine Schwiegermutter ist gestorben), mal so richtig pünktlich waren. Richtig unpassend ist dann die Tatsache, dass meine Eltern grundsätzlich eine halbe Stunde zu früh kommen! Man stelle sich da mal eine Familienfeier vor! Als Entschuldigung gilt bis heute nur ein Lachen oder eben die Tatsache, dass man nicht so organisiert zu sein scheint! Wenn es wichtige Termine gibt, dann bestellen wir meinen Schwiegervater einfach eine halbe Stunde früher — so ist er dann fast pünktlich!

Wir fuhren damals also in aller Eile zum Flughafen. Zumindest hatte ich das Gefühl etwas schneller als eine Schnecke zu sein. Die Zeit brannte uns unter den Nägeln. Wusste mein Schwiegervater, (ich werde ihn einfach mal Harald nennen) wusste Harald eigentlich, wo der Flughafen war? War es ihm bewusst, dass wir einen festen Termin hatten?! Ist es nicht so, dass man grundsätzlich am Flughafen nur dann einen freien Parkplatz bekommt, wenn man es nicht eilig hatte?

Meine Nerven vibrierten, die Hände waren schweißnass als wir schließlich doch den Abflug-Terminal erreichten. Der Flug sollte um 18.00 Uhr starten, es war 16.55 Uhr und wir hatten noch das gesamte Gepäck im Auto! Wo waren nur die ganzen Gepäckwagen? Hatte niemand Kleingeld für diese verflixten Karren? Wieso waren die Koffer so schwer? Und hoffentlich gehen die nicht auf! Weshalb nörgelte der Lütte eigentlich in einer Tour? Wo mussten wir hin und was machen denn all die Leute da in der Schlange? Schließlich hatten wir doch noch unsere Bordkarten. Das Gepäck war aufgegeben. Und wir konnten entspannen. War also alles gar nicht so schlimm mit der Verspätung!

Natürlich hatten wir wie selbstverständlich auch den Buggy mit aufgegeben. Sperrgepäck. So meinten wir gelesen zu haben! Oder war ein Buggy doch Handgepäck und wir hätten diesen dann mit in den Flieger nehmen können? Wir hätten dann nicht, die letzten Minuten vor dem Start, zu dritt hinter diesem „Lausebengel" herlaufen müssen, während die vierte Person im Bunde bei dem Handgepäck stand. Aber wieso fuhren dann noch so viele Menschen mit Buggys durch die Abflughalle? Waren das alles nur Angehörige, die andere Menschen zum Flughafen begleitet hatten? Wieso schien unser Junge das einzige Kind auf zwei Beinen zu sein?

»Sag mal, Moritzi, meinst du, dass es richtig war, den Buggy mit aufzugeben? Guck doch mal, alle anderen haben die Buggys noch dabei!« fragte ich meinen Mann etwas nervös.

Er entgegnete in seiner ruhigen Art: »Ach was, das stand da in dem Prospekt. Die stehen nachher bestimmt an der Flugzeugtür und kommen nicht rein. Mach dir man bloß nicht wieder so viele Gedanken! Es wird schon schief gehen!«

Ich glaube, dass Moritz mir damals nicht wirklich zugehört hatte. Er litt unter Flugangst und versehentlich aufgegebene Buggys stellten nicht wirklich ein ernsthaftes Problem dar!

So richtig lange laufen wollte Sebastian an dem Abend jedoch nicht. Seine innere Uhr zeigte schon auf Hunger und Schlafen. Zuhause ging er immer um 18.30 Uhr ins Bett. Also war er nun müde! Und wenn er müde war, und das hat sich bis heute gehalten, dann wird er maulig und möchte nur noch ins Bett und schlafen! Man kann ihn nach wie vor mit nichts, aber auch gar nichts motivieren, wach zu bleiben! Selbst wenn sein bester Freund bei uns schläft legt er sich ins Bett und schaltet für den Freund dann eine Hörspielkassette an!

Sebastian wollte an jenem Spätnachmittag dann irgendwann doch nur auf den Arm. Aber das auch nicht so richtig. Wer jemals schon ein Kleinkind auf dem Arm hielt, der versteht, was ich meine! Unglaublich, zu welchen ausgefallenen Bewegungen ein Kind dieses Alters noch fähig ist! Der Po sitzt auf dem Arm des „Trägers", der

Oberkörper des Kindes windet sich förmlich in Schlangenlinien Richtung Boden, die Arme stets in der Luft, der Kopf nach unten hängend. Richtet man das Kind dann auf, indem man den eigenen Körper ein wenig nach hinten beugt, fällt das Kind dann innerhalb von Millisekunden, sicherlich bedingt durch die Schwerkraft, in die Position zurück! Und Geräusche in sämtlichen Tonlagen und Facetten prasseln auf den „Träger" ein! Freudiges Gackern, herzzerreißendes Weinen, lautes Gebrüll und schrilles Kreischen folgen einander ohne Pause.

Dieses Spielchen konnten die kleinen Plagegeister stundenlang wiederholen — an dem Abend war mir gar nicht danach und so lief der Lütte zwangsweise, gefolgt von seiner Oma, kreuz und quer durch die Wartehalle. „Müde machen" nannten wir das!

Aber wir spielten das Spiel „Nimm mich auf den Arm - lass mich wieder runter - lauf vor Oma weg - in die Arme von Opa" an diesem Tag nicht das letzte Mal, denn die Wartezeit bis zum Boarding war trotz unserer Verspätung noch lang genug! Aber auch diese Zeit ging irgendwie vorbei. Wir durften zum Flugzeug gehen, das uns nach 2 1/2 Stunden auf die Sonneninsel in den verdienten Urlaub bringen sollte. Sebastian schien zu dem Zeitpunkt nur noch ein Häufchen Elend zu sein! Was musste er auch vor der Oma weglaufen, gelle?

Irgendwie ahnten wir schon, dass der Flug in einer Katastrophe enden würde. So hofften und bangten wir, dass diese Katastrophe mit Verspätung eintreten würde. Wir setzten auf die Abwechslung im Flugzeug, auf Kleinkindererprobte Stewardessen und darauf, dass Sebastian vielleicht einmal anders reagieren würde als erwartet. Es kam jedoch noch viel schlimmer...

Am Abfertigungsschalter hatten wir für den Flug tatsächlich drei Plätze nebeneinander zugewiesen bekommen, obwohl wir ja nur für zwei Plätze bezahlt hatten. Grundsätzlich war allein das ein Umstand, über den man sich hätte freuen können! War das ein Wink mit dem Zaunpfahl? War das vielleicht der Beginn einer unvergesslichen Glücksreise?

Die Tatsache, dass er einen eigenen Platz im Flugzeug hatte (auch noch einen Fensterplatz!) hielt Sebastian jedoch nicht davon ab, schon vor dem Start die Sprungfedern des Sitzes auszuprobieren! Und einen Jungen in seinem Alter mit der Tatsache zu konfrontieren, dass man sich vor dem Start anzuschnallen hatte, ließ ihn völlig kalt. Ganz im Gegenteil, Sebastian lief zu Hochtouren auf, da er ausreichend Platz hatte sich richtig zu entfalten! Mein Gehirn lief wieder auf Hochtouren! Ob Schäden an den Flugzeugsitzen in der privaten Haftpflichtversicherung abgedeckt sind? Gibt es möglicherweise eine kindertaugliche Gummizelle in diesem Flugzeug? Überstehe ich die vielen Minuten bis zur Landung? (Wohl bemerkt: das Flugzeug stand noch in Parkposition!)

Ich als fürsorgliche Mutter dachte natürlich auch daran, dass Sebastian sich über den Fensterplatz freuen würde! Ich hätte es jedenfalls getan! Warum schien ihn das alles nicht zu interessieren? Man konnte doch aus dem Fenster die anderen Flugzeuge beobachten. Menschen, die mit den Koffern anderer Passagiere ziemlich lieblos umgingen. Mütter, die ihre schreienden Kinder hinter sich herzogen und Stewardessen, die nach einem anstrengenden Flug abgespannt ins Hotel fuhren! Vögel, die am Himmel flogen, Regenwürmer, die aus der Erde krochen... Was auch immer!

Warum guckte der Kleine nicht aus dem Fenster? Er wusste doch, was ein Fenster war und kannte Flugzeuge aus dem Bilderbuch! Lag es an der Tatsache, dass er das Wort nur nicht artikulieren konnte? Stellte er sich deshalb so stur? War das reine Schikane an der Mutter, die ihn unter Schmerzen gebar? Wieso saß er nicht einfach wie die anderen Kinder in diesem Flugzeug auf seinem Platz und guckte aus dem Fenster — verdammt noch mal?

»Guck mal Süßer, das da hinten, das ist ein Tankwagen!«

Ich zeigte aus dem Kabinenfenster auf irgendeine Maschine. War mir egal auf was ich zeigte... Er guckte nicht!

»Allo!«

Der Lütte hüpfte auf seinen Sitz hoch und runter, hielt sich mit seinen kleinen süßen Patschhändchen an der Lehne fest.

»Sebastian, schau doch mal aus dem Fenster! Da hinten, da arbeitet Tante Gudel!«

»Gudddddeeeeeel«

Er hüpfte weiter, freute sich und sabberte…

»Genau, da in dem großen weißen Haus! Hallo, Sebastian« (Ich versuchte, ihn am Arm ein wenig festzuhalten). »Hier ist das Fenster! Sebastian, schau mal!«

Kein Kopfdrehen in Richtung Fenster! Noch nicht einmal eine Andeutung eines Drehens! Wie konnte das angehen? Hatte ich ihm das beigebracht? Das konnte er nie und nimmer von mir haben! So verbohrt! Ich hielt ihn weiter am Arm fest! Das mochte er natürlich gar nicht! Hätte ich mir denken können! (Wer an dieser Stelle meinte, ich würde mit meinem Sohn alleine in den Urlaub fliegen, der irrt sich!)

Es war zu erwarten: Sebastian fing mit jämmerlichem Geheul an! Seine zarte Unterlippe klappte nach unten, die Oberlippe zog sich wie von selbst über die Unterlippe und es kam ein »MMMMPPPPFFFF!« heraus. Das liest sich leise, aber es war erschreckend laut! Alles drehte sich zu uns um… Oje, das nicht auch noch!!!!

»Dann guck eben nicht aus dem Fenster!«

Ich ließ ihn los und schaute selber…

Ein Mann in der Reihe vor uns drehte sich genervt um! Was guckte der böse! Glaubte er, ich hätte meinen Sohn nicht im Griff? Hatte der nicht selber Kinder? Nein, so wie der aussah, war es wohl auch besser so... Hatte Sebastian geweint, weil er diesen bösen Mann entdeckt hatte? War es vielleicht gar nicht meine Schuld? Man ahnte es schon. Es verging keine Minute nach unserem Eklat und Sebastian stand wieder auf seinem Sitz und hüpfte fröhlich vor sich hin. Immerhin, ich hatte ihm die Schuhe ausgezogen!

»Sebastian, lass den Mann da vor dir in Ruhe! Setze dich hin und hör endlich auf mit dem Blödsinn! Guck mal, der ist schon ganz böse!«

Gedacht hatte ich jedoch: meinetwegen hüpfe den gesamten Flug hoch und runter! Vielleicht gibt es ja auch eine Vorrichtung für Kinder dieser Art!? Hauptsache wir kommen sauber aus dieser Geschichte raus! Wie treffend dieser Gedanke zu jenem Zeitpunkt war, konnte ich nicht ahnen! Ich versuchte immer wieder Sebastian zum Sitzen zu animieren, ihn herunter zu ziehen. (Wohl bemerkt: das Flugzeug stand immer noch und war noch keinen Millimeter unterwegs!) Meine Versuche endeten stets und immer wieder in einem schrillen:

»Nein!«

Moritz versuchte es natürlich auch ab und zu! Das sei an dieser Stelle mal löblich erwähnt! In Situationen wie dieser behielt er eher die Nerven als ich! Er musste es doch schaffen, den Kleinen an seinem Sitz festzuschnallen. Schließlich ist er doch Ingenieur! Das Flugzeug rollte dann irgendwann doch zur Startbahn. Eine freundliche Stewardess kam zum fünften Mal an unseren Platz und sagte:

»Sie müssen ihr Kind endlich anschnallen! Wir rollen bereits zur Startbahn!«

Das hatte ich doch auch schon gemerkt. Stand mir meine Ratlosigkeit nicht auf der Stirn? Hatte ich nicht schon Panikflecken im Gesicht? Wieso fragt die Stewardess mich nicht einfach, ob sie mir helfen kann? Da meint man es besonders gut mit dem Kind, fliegt in den Süden damit es mit den kleinen Patschefüßen mal im Mittelmeer baden kann und dann das? Die Kinder wissen gar nicht, wie gut sie es haben! War das der Dank? Dank für die durchwachten Nächte? Die stinkigen, klebrigen Windeln, die voll gespuckten Blusen? Der Dank für Hängebusen und Faltenbauch? Wo führt das noch hin? Sebastian war noch nicht einmal während des Starts bereit, auf seinen vier Buchstaben sitzen zu bleiben. Es war nichts zu machen! Er blieb stehen, wo er stand. Auf eigene Verantwortung... Nein, das ging gar nicht! Ich versuchte es ein letztes Mal:

»Sebastian, setz dich verdammt noch einmal auf diesen Platz und lass dir den Gurt umschnallen! Wenn du nicht angeschnallt bist und wir abstürzen, dann hast du ein Problem! Du kannst weder reden noch schwimmen. Also mach jetzt das, was ich von dir verlange!«

War mir egal, was die Menschen um mich herum von mir dachten! Hauptsache, das Vorhaben gelang! Ob ich durch mein Verhalten nachhaltig Flugangst in Sebastian erzeugte!? Schrie er deshalb in einer Oktave höher:

»Nei-hein!«

Moritz liefen nun auch die ersten Schweißperlen über die Stirn — uns schwante es schon. Ein weiterer Blick zu dem „Dicken" genügte um zu erkennen, dass keiner von uns Dreien diesen Flug genießen würde. Abgesehen von dem Rest der Fluggäste und der Crew. Wir mussten das Risiko in Kauf nehmen und unseren Sohn nicht angeschnallt auf dem Sitz lassen zu lassen. Zumindest gelang dem Piloten ein guter und störungsfreier Start. Der Flug nach Mallorca begann und alle freuten sich auf ein paar Tage Urlaub. Auf Entspannung, Freizeit und Erlebnisse! Ganz sicher auf jeden Fall diejenigen Fluggäste, die ohne Kleinkinder unterwegs waren!

Sekunden zogen sich wie Kaugummi, Minuten vergangen wie Stunden. Der Flug wurde immer länger und länger… Wir versuchten es bei dem „Dicken" mit gutem Zureden, Vorlesen seiner Lieblingsgeschichten, mehreren Gute-Nacht-Liedern, sogar Gummibärchen und sein geliebtes Steiff-Tier „Wulle" mussten fürs Puppentheater „Sebastian auf dem Weg auf die Pirateninsel" herhalten.

Nichts und niemand hielt Sebastian jedoch davon ab, sich immer wieder auf den Sitz zu stellen und die Sitznachbarn vor bzw. hinter uns zu beschäftigen. Anfänglich fanden das alle noch niedlich (schätzungsweise die ersten fünf Minuten am Flughafen), doch nach zehn Minuten hatten auch die Nettesten unter ihnen keine Lust mehr auf „Mumme-Mumme-Kieks-Spiele", wackelnde Sitze und Kekskrümeln auf der frisch gebügelten Hose! Der Kleine feixte herum, grölte und war schließlich nur noch mit einem Spaziergang durch die Gänge der Maschine zu beruhigen. Also reihten wir uns in die Schlange derer ein, die scheinbar das gleiche Schicksal ertragen mussten. Zu unserem Trost waren das sehr viele. Der Gang war voll. Schleifspuren von Keks und Gummibärchen, von tropfenden Saftflaschen und einzelnen Puzzleteilen zeigten den Vätern und Müttern den Weg.

Immer wieder ging es geduldig um die mittleren Sitzreihen herum. Links herum, rechts herum. Mal ein Stopp am Platz, ein Versuch sich zu setzen und dann die Feststellung, dass das Laufen durch das Flugzeug bei uns zumindest keinen Lärm verursachte. Die Gänge füllten sich immer mehr. Nach und nach gesellten sich stressgeplagte Eltern und heulende Kinder zu uns. Die Stewardessen hatten mit Sicherheit ihre wahre Freude, die Getränke- und Essenwagen um die kleinen Kinder an der Hand der großen Eltern herum zu jonglieren. Hut ab vor denen, die dabei noch nett lächelnd fragen konnten: »Darf ich Ihnen vielleicht noch etwas Kaffee bringen«, während sich ein schnullerbestücktes Monster an den Inhalten der Wagen zu schaffen machte.

Mittlerweile hatten wir alle großen Hunger (Stress macht hungrig!), einen unstillbaren Durst (ein Marathon lag hinter uns!) und ein riesiges Verlangen nach einem ruhigen Abendessen in netter Atmosphäre. Doch diese Rechnung ging natürlich nicht auf. Wir bekamen zu unserem Pech gleichzeitig die vollgefüllten Tabletts. Alle Zutaten für ein leckeres Abendessen waren fein säuberlich, hygienisch einwandfrei (wer braucht das?) in Alufolie oder Plastik verpackt. Wie sollte man daraus mit einer Hand ein leckeres Sandwich fertigen? Wie öffnet man einen Joghurt mit nur fünf Fingern? Warum war der Zucker nicht noch zusätzlich in Folie eingeschweißt?

Wussten die vom Catering denn nicht, dass Kinder alles in den Mund nehmen? Der Zucker wanderte mitsamt der Verpackung in Sebastians Magen! (Den Kaffeeweißer spuckte er jedoch postwendend aus!) Wir hatten bei unseren Planungen einfach nicht bedacht, dass das Flugzeug keinen Speisesaal mit praktischen Kinderhochstühlen sondern nur kleine, ausklappbare Tische hatte, deren Klappmechanismus größeres Interesse bei unserem Sohn weckte als die Leckereien auf dem Tablett. Sebastian konnte die Tischchen ausklappen, einklappen, ausklappen, einklappen. Und da behaupte einer, mein Sohn hätte keine Geduld...

Es ging so lange gut, bis sich Sebastians Vordermann über das ständige Gepolter beschwerte. Die Fingerfertigkeit unseres Sohnes war aber eben nicht nur im Bezug auf die Sitze und Tische enorm! Nein, Sebastian griff natürlich mit vollem Schwung in seinen Salat, prüfte die Konsistenz seiner Nachspeise, langte in Papas Butter und riss schließlich meinen Kaffee herunter. Und alles mit dem süßesten Kinderlächeln, das Mama je gesehen hatte.

Moritz stellte nach noch nicht einmal fünf Minuten sein Tablett unter seinen Sitz, um Sebastian in Ruhe abzufüttern. Dafür bedarf es beider Hände! Leider hatte er sein abgestelltes Essen nach wenigen Minuten vergessen und produzierte mit nur einer Fußbewegung ein wahres Chaos auf den Teppich der Maschine. Wir versuchten, den Großteil des Essens mit Servietten wieder auf das Tablett zu wischen. Die Mahlzeit war jedoch für immer verloren. Und auch der Teppich hatte nicht mehr seine Ursprungsfarbe. Ganz abgesehen von dem ungestillten Hunger, der bei dem Anblick des Stilllebens auf dem Teppich des Flugzeuges nicht gerade unterdrückt werden konnte. Sebastian weigerte sich hartnäckig, auch nur einen Bissen zu sich zu nehmen. Stattdessen kletterte er immer wieder auf seinen Sitz, so dass wir unsere Tabletts geschickt hin- und her jonglieren mussten. Die freundlich gestellte Frage der Stewardess, ob wir noch etwas trinken wollten, hätte ich am liebsten mit »Wodka, aber pur!« beantwortet. Stattdessen erhielt sie von mir böse Blicke und meinen Becher mit kaltem Kaffee.

Zum Glück hatte Moritz mir noch am Hamburger Flughafen versprochen sich während des Fluges um unsere „Nummer 1" zu kümmern. So hatte ich zumindest das Vergnügen, einen Teil meiner Mahlzeit zu genießen. (Zu Sebastians Entschuldigung sei an dieser Stelle jedoch schon gesagt, dass er, wie wir nach Ankunft im Hotel feststellen mussten, die Reise wohl mit Fieber angetreten hatte, es so also Zeit für ein Fieber-Zäpfchen und seine geliebte Milch war. Die Milchflasche war jedoch noch im Koffer und aus einem Becher trank der Kleine die Milch partout nicht. Tolle Planung, Leonie! Wie die meisten Kinder mit 1 1/2 Jahren war unser Kleiner natürlich auch noch nicht stubenrein und so produzierte Sebastian während des Fluges mehrere prallgefüllte, stinkige Windeln, die in dem überaus kinderfeindlich gebauten

Flugzeug-WC entsorgt werden mussten. Vielleicht hätten wir ihm vorher keine Pflaumen geben sollen — ein Witz...

Nächste Frage: Wohin mit der vollgesch... Windel? Die zusammengerollten, ordentlich gefüllten Windeln passten nicht in den Müllentsorgungsschlitz des Waschraumes... Doch auch dieser Aufgabe nahm sich mein Mann hingebungsvoll an. Ich glaube mich zu erinnern, dass er die erste Windel postwendend der Stewardess in die Hand gedrückt hatte.

Die langersehnte Ankunft

Schließlich landete das Flugzeug pünktlich auf Mallorca. Es war spät und dunkel, wir waren müde und entnervt… Und so machten wir uns mit unserem übermüdeten Sohn auf dem Arm (erneut mit voller Windel und ohne weiterer Ersatzwindel in der Wickeltasche) auf den Weg. Tonnenschweres Handgepäck mit dem Animationsspielzeug über den Schultern, mit knurrendem Magen und am Gaumen klebender Zunge erreichten wir die Gepäckhalle, um unsere Koffer (aber vor allem den geliebten Buggy) abzuholen.

Grundsätzlich die natürlichste Sache der Welt! Warum sollte uns unser Pech auch bis auf die Balearen verfolgen? Hatten wir tatsächlich gedacht, dass mit unserer Ankunft auf Mallorca das echte, das wahre Urlaubsglück beginnt?

Wir standen also voller Erwartung am Gepäckband in der Ankunftshalle und beobachteten Hunderte von Urlaubern, die Koffer, Taschen und Sonnenschirme auf ihre Gepäckwagen luden und in Richtung Ausgang und damit dem Beginn ihres Urlaubes entgegen schoben. Wir standen und standen an dem sich langsam aber verlässlich leerenden Gepäckband.

Mehrfach überprüfte ich die Anzeige über dem Rollband um sicherzustellen, dass es sich auch um das Gepäck aus unserem Flugzeug handelte. Wurde ich tatsächlich langsam nervös? Man liest ja schon in den Boulevardblättern der Welt, dass Gepäck auch mal am falschen Flughafen landet. Aber das passiert ja nur in der Fantasie der Redakteure,... oder etwa doch nicht?

Aber auch nach dem fünften Mal Hingucken musste ich feststellen, dass es der richtige Flieger, das richtige Gepäckband am richtigen Urlaubsort war — nur unser komplettes Gepäck fehlte nach wie vor! Sebastian schlief mittlerweile seelenruhig auf meinem Arm, (mein Arm schien auch eingeschlafen zu sein). Ist ja auch eigentlich gar kein Wunder gewesen, denn Sebastian hatte tatsächlich die gesamte Flugzeit mit Hüpfen, Laufen und Brüllen verbracht. Und mein Arm war ja fast genauso bequem wie der fehlende Buggy, der scheinbar noch keinen Meter auf dem Gepäckband des mallorcinischen Flughafens gefahren war.

Der Kleine war geschafft? Was waren wir denn?

Es war 22 Uhr...

»Mann, Moritz, das kann nicht wahr sein. Mach doch mal was! Weißt du eigentlich, wie schwer dein Sohn ist?« (Wer kennt dieses Phänomen nicht? In brenzligen Situationen ist es immer das Kind des anderen...)

»Was soll ich denn machen? Weg ist weg!«

»Was heißt hier „weg ist weg?" Es muss hier doch eine Stelle, ein Büro oder was weiß ich geben, wo man verlorengegangenes Gepäck wiederbesorgt!«

Und in Gedanken fügte ich hinzu:»Und wo man uns auch versteht!«

»Viel schlimmer als verloren gegangenes Gepäck ist die Tatsache, dass der Bus zum Hotel bestimmt gleich weg ist!«

»Ach was interessiert mich der dämliche Bus! Wenn der Dicke aufwacht und keine Flasche parat ist, ist DAS ein wirkliches Problem!«

Das fing ja wieder toll an...

»Ob unser Gepäck vielleicht gerade in Tunis ausgeladen wird? Oder steht es vielleicht noch auf dem Hamburger Flughafen? Was meinst du, Mätzchen?«, bemerkte meine bessere Hälfte doch tatsächlich und wagte zu grinsen!

Wieso gibt es im Leben eines Ehepaares immer diese Momente, an denen man den Partner auf den Mars verflucht und sich selber auf die Venus wünscht?

»Super, Moritz, musst du darüber nun auch noch Witze reißen? Ich finde das überhaupt nicht zum Lachen.«

Sollte ich nun Weinen oder Lachen? Unsere Situation änderte sich nicht wirklich... Alle Befürchtungen traten zu unserer Überraschung jedoch nicht ein, denn die allerletzten Gepäckstücke des Abends auf dem letzten sich bewegenden Gepäckband in der leeren Gepäckhalle gehörten schließlich uns! So konnten auch wir endlich unsere sieben Sachen in Richtung Information schieben, um unseren Aufenthaltsort für die nächsten 14 Tage zu erfahren. Denn schließlich hatten wir ja eine „Glücksreise" gebucht, bei der man vorher nie weiß, in welchem Ort man landet und in welches Hotel man kommt.

Natürlich dachten wir während der nächsten fünf Minuten an das Glück von Carola und Eckard. Ich sah den Nordosten von Mallorca vor mir, ich sah flache Strände, nicht allzu viel Trubel und Scharen von Familien mit Kindern in Sebastians Alter, die nur darauf gewartet hatten, dass wir ankamen! Ich wünschte mir ein nettes, geräumiges Zimmer mit Meerblick, ein helles Restaurant mit gutem Essen, eine nette Bar bis zu der das Babyphone problemlos Empfang hatte und ich sehnte mich nach ein wenig Animation...

Moritz hatte am Flughafenschalter schließlich erfahren, dass wir nach Palmanova fahren sollten. Diese Ortsbezeichnung sagte uns im ersten Moment nichts, ließ aber schon vermuten, dass es sich hierbei um die Bucht von Palma handeln müsste. Genau die Gegend, in die wir auf keinen Fall fahren wollten! Zu dem damaligen Zeitpunkt war die Gegend als Partymeile bekannt! Und was nützt einem eine Partymeile, wenn man keine Party machen kann? Aber tröstlich war es schon, dass der Urlaubsort nicht El Arenal und das Hotel nicht am „Ballermann" lag. Und Palmanova klang doch schön! Irgendwie nach Grün...

So schoben wir in Richtung der wenigen noch wartenden Busse, die die Passagiere zu den einzelnen Hotels bringen sollten. Mittlerweile war es 22.45 Uhr und Sebastian schlief noch immer, nun zum Glück im Buggy. Es war der kleinste Bus in der hintersten Ecke des Flughafens, mit versperrten Fenstern, mit den größten Rostflecken und dem schlimmsten Gestank! Dieser Bus sollte uns in unser Urlaubsdomizil bringen? Meine Schritte wurden immer kleiner, mein Tempo in Richtung Bus wurde immer langsamer... Ich ahnte schon Böses! Uns beiden fehlten die Worte. Moritz guckte mich nur an und zuckte mit den Schultern! Wie kann man in solchen Momenten eigentlich einfach nur mit den Schultern zucken?

So fuhren wir also müde und noch ein wenig urlaubsreifer vom Flughafen durch das beleuchtete Palma de Mallorca. Im Dunkeln, mit den sich im Meer widerspiegelnden Lichtern, sah es wunderschön aus. Ich war positiv überrascht! Wir fuhren vorbei an der berühmten Kathedrale, die ich nur aus den Urlaubsprospekten kannte. Immer am Hafen entlang. Ich entspannte mich jedoch nur ein paar Sekunden, denn: ... es fing an zu regnen...

Hotel mit Meer- / Mehrblick?

Nach ca. 30-minütiger Fahrt durch den Regen kamen wir schließlich zu unserem Hotel, einem riesigen Plattenbau, grell erleuchtet und auf den ersten Blick nicht besonders einladend. Vom Ort selber konnte man aufgrund der Dunkelheit und des Regens nicht allzu viel erkennen. Und das war auch gut so, wie sich am nächsten Tag herausstellen sollte! Wir waren tatsächlich die einzigen Gäste aus dem Reisebus, die nun in die Nacht und vor dem Regen flüchteten. Unser Gepäck wurde vom Busfahrer unsanft vor der Drehtür des Hotels gestapelt. Wir blieben entgeistert vor dem Hotel stehen, ahnend, was uns hinter der Drehtür alles erwarten könnte.

»Moritz, wie findest du das Hotel?«

»Groß..«

»Ich finde es schrecklich!«

»Lass uns einfach erst mal reingehen. Ich bin müde...!«

»Ich will da aber nicht rein!«

»Dann bleibe draußen stehen. Ich gehe jetzt. Mir ist kalt (...), ich habe Durst. Ich will nur noch in ein Bett und diese dämlichen Koffer durch diese dämliche Drehtür bugsieren!«

Da standen wir also immernoch im strömenden Regen. Ich hatte Sebastian erneut auf dem Arm, der ganz kraftlos wirkte. Auch er wollte nur in ein warmes, kuscheliges Bett. Und was tat mein tapferer Mann? Der nahm mutig mit zwei Koffern und zwei Reisetaschen in den Händen den Kampf mit der Hoteldrehtür auf! Es war zum Verzweifeln! Irgendwie klappte es einfach nicht, unser Gepäck in dieses Hotel zu befördern. Hatte möglicherweise das Gepäck schon eine Ahnung gehabt, was auf uns zu kommen würde, wenn wir diese Türen tatsächlich durchschreiten sollten?

Keiner der herumstehenden Gäste oder gar irgendjemand vom Hotelpersonal unternahm auch nur den Versuch, Moritz zu helfen. (Man erinnere sich hier bitte an den Film mit Jerry Lewis, in dem Lewis versucht hatte, einen Liegestuhl aufzuklappen!) Wenn es nur nicht so traurig gewesen wäre, hätte ich am liebsten vor Lachen in die Hose gemacht!

In der Aufregung und durch Müdigkeit bedingt dauerte es natürlich, bis das Koffer-Drehtür-Problem gelöst war und wir endlich vor der Rezeption standen. Die Hotelhalle war vollklimatisiert (mit feuchten Klamotten nicht wirklich ein Genuss) und überraschender Weise recht geschmackvoll eingerichtet. Der Tresen schien unendlich lang zu sein! Waren das die ersten Sinnestäuschungen aufgrund von Vitamin- und Schlafmangel?

»Wow«, dachte ich.

»Das ist ja ein riesiger Schuppen — sieht von draußen nicht so groß aus... Aber dann sind die Zimmer bestimmt auch so schön groß!«

Große Halle konnte nur große Zimmer bedeuten! In diesem Glauben zogen wir förmlich vor Freude pfeifend mit unserem Sohn und dem gesamten Gepäck in Richtung Fahrstuhl und in den fünften von zwölf Stockwerken. Seit unserem Urlaub 1990 in Florida, damals noch ohne Kind, und der Erfahrung mit einer „echten Absteige" in Miami Beach, checkt Moritz stets als Erster die Hotelzimmer, um mich auf unvorhergesehene Dinge sanft vorzubereiten. Ich empfand das in diesem Fall schon etwas überzogen, wollte Moritz aber nicht den Spaß nehmen, als Erster das tolle Zimmer in Augenschein zu nehmen. Freiwillig wartete ich mit dem „Dicken" vor der Zimmertür, quasi wie ein Kind auf den Weihnachtsmann wartet.

Doch dieses Mal dauerte es etwas länger bis mein Göttergatte wieder auf den Hotelflur trat und er sah nicht besonders glücklich aus. Mir schwante Böses und genau das trat ein. Es handelte sich nämlich um ein völlig überhitztes Zimmer von maximal sieben Quadratmetern. Diese Tatsache war ja nicht gleich zu bemängeln, konnte man doch lüften und dabei die tolle Aussicht genießen...

Bei näherem Betrachten trübte sich das Bild dann doch sehr schnell. Ein riesiges Bett mit durchgelegener Matratze stand im Zimmer. Daneben noch ein „Puppenstuben-Einbauschrank". (So betitelt, weil gerade ein Viertel des Koffer und Reisetascheninhaltes dort untergebracht werden konnte.) Links von dem Bett stand zusätzlich ein Etagenbett, in voller Größe, direkt vor dem klitzekleinen Fenster. Hatte ich das richtig gesehen? Ein Etagenbett im Hotelzimmer?

Sebastian weinte. Ob er das Dilemma in seinem Alter schon selber erkannte? Oder hatte er schon geahnt, dass es nicht die letzte schlimme Erfahrung an jenem Abend sein würde?

»Sag mal, Moritz, das ist doch ein Scherz, oder?«

»Nein. Das ist unser Zimmer!«

» …«

Zuerst fiel mir unser eigentliches Problem in den ersten Minuten auf dem Zimmer gar nicht auf. Doch als ich den Kleinen in sein Bett legen wollte, um selber mal den Schock verdauen zu können, sah ich kein Babybett!

»Ähm, gibt es hier vielleicht noch einen Nebenraum?«

»Wieso?«

»Naja, wo ist denn das Bett für Basti? Ich hatte doch extra eines bestellt!«

»Ich sehe hier keins!« (Ach was!?)

Hatte ich es nicht mehrfach ausdrücklich im Reisebüro geordert? Und hatte man mir nach dem zweiten Mal in einem etwas zickigen Ton gesagt, dass das Reisebett mit Sicherheit auf unserem Zimmer stehen würde, wenn wir in unserem Glückshotel ankämen? Schade eigentlich, denn außer der insgesamt vier Betten stand auch noch ein kleiner Tisch mit einem großen Stuhl im Zimmer, so dass damit auch die letzte Ecke ausgenutzt war. Optimal, würde ein Japaner vielleicht sagen. Zu dritt konnten wir in diesem „Loch" jedoch nicht gleichzeitig stehen, ohne ernsthaftere Verletzungen davon zu tragen...

Um den ersten Schrecken zu verdauen, um wieder durchatmen zu können, die Koffer erst einmal wieder aus dem Zimmer zu bekommen und um wenigstens einen Blick auf das ersehnte Meer erhaschen zu können, öffneten wir mit einem kräftigen Ruck die Balkontür.

Was hatte ich erwartet? Eine frische Meeresbrise? Leises Grillenzirpen oder beruhigendes Meeresrauschen? Segelschiffe am Horizont? Wo war das Meer, wo der Strand? Irgendwo hinter einer dieser fürchterlichen Bettenburgen, die plötzlich vor uns auftauchten? Ich musste mich auf das nächstgelegene Bett setzen. Hatte ich doch einige zur Auswahl! Verzweifelt wie ich war, nahm ich das große Bett und heulte erst einmal aus vollem Herzen. Selbstmitleid war angebracht! Sebastian schien glücklicherweise doch von all diesem Unheil nichts mitbekommen zu haben, denn er lag quer neben mir auf dem großen Bett und schlief.

Kaum dass ich mich ein wenig beruhigt hatte, (es dauerte natürlich schon eine Weile) fiel mir ein, dass Sebastian im Flugzeug nicht viel gegessen hatte. (Man möge sich erinnern...) Es war also abzusehen, dass er nach dem Aufwachen am liebsten eine Milch trinkt, um dann wieder weiter zu schlafen. (Ich weiß, da ist bei der Erziehung irgendetwas schief gegangen...)

So stellte sich uns das nächste Problem an jenem Tag. Wo sollten wir denn überhaupt Milch für seine Flasche herbekommen? Darüber hatten wir uns noch gar keine Gedanken gemacht... Sein Abendessen hatte er ja, wie bereits erwähnt, auf dem Flugzeugteppich verteilt. Im Koffer befanden sich schätzungsweise 20 Gläschen, aber keine Milch... Das kann ja mal passieren, sollte aber nicht...

Um auf andere Gedanken zu kommen beschloss ich also, Frau wie ich bin, mich auf den Weg in die Hotelbar zu begeben, in der Hoffnung, dort etwas Milch für die Flasche kaufen zu können. (Man stelle sich das bitte einmal bildlich vor... Frau geht mit einer Nuckelflasche an eine Hotelbar, in der die Gäste gemütlich einen Cocktail trinken!)

An der Bar wurde meine „warme-Milch-Bestellung" dann auch recht skeptisch beäugt! (Watt stellten die sich auch an, die Spanier! Noch nie `ne warme Milch aus der Nuckelflasche getrunken? Ist der letzte Schrei in Hamburg!?) Ehrlich gesagt hätte ich am liebsten gleich noch zwei Cognac geordert und den ersten sofort an der Theke getrunken. Doch ich wusste, dass unsere Urlaubskasse das niemals zugelassen hätte. Um mich aber nicht gänzlich zu blamieren, nahm ich noch zwei Gläser Wasser für Moritz und mich, die ich auf die Zimmerrechnung schreiben ließ! Nach dem Motto „Aus den Augen, aus dem Sinn!"

Als ich schließlich wieder im Zimmer angekommen war (gar nicht so einfach – hatte mich in dem Komplex verlaufen...), weinte der „Dicke" schon und freute sich über die Milch, wenngleich sie kühlschrankkalt war.

»Kannst du dir vorstellen, wie doof der Barkeeper mich angeguckt hat? Ich gehe da ganz sicher keinen Cocktail mehr trinken«, kommentierte ich beim Eintreffen ins „Kellerloch" der fünften Etage.

»...«

»Du sagst gar nichts dazu. Toll! Ich blamiere mich und Monsieur hält die Klappe!«

»Hast du auch was für uns mitgebracht?« war alles, was Moritz antwortete, lag er doch schon halb schlafend auf einem der vielen Betten.

Ich gebe zu, ein paar klitzekleine Sekündchen hatte ich gezögert, überlegt, ob ich das Wasser meinem Gatten direkt ins Gesicht schütten sollte. Aber ich hatte es bezahlt und so trank ich vor Wut und vor den Augen meines erstaunten Mannes beide Gläser aus!

Pause!

Ich widmete mich danach nur noch meinem kranken Sohn, platzierte noch ein Fieberzäpfchen bei Sebastian und hoffte auf eine einigermaßen ruhige Nacht, zumindest für den Kleinen. Von uns Großen konnte nun erst recht keiner auch nur ein Auge zu tun. Sebastian wühlte in seinem Fieberwahn quer durch das große Bett, indem er liegen musste, weil er aus jedem anderen wahrscheinlich herausgefallen wäre! Moritz probierte es mit der Nachtruhe in dem unteren Bett der Etagenbett-Pritsche und ich legte mich erst einmal Fragezeichenförmig zu dem Kleinen ins große Bett.

Nach vergeblichen Versuchen längerfristig Platz in dem großen Bett zu finden, legte ich mich dann schließlich doch auf die obere Etagenbett-Pritsche. Vielleicht war das mit dem Etagenbett doch gar nicht so schlecht? Hatte man uns damit gar einen Gefallen getan?

Niemand soll an dieser Stelle glauben, dass wir nach der ersten Besichtigung des Zimmers nicht Beschwerde eingereicht hätten. Natürlich waren wir nach der Zimmerbesichtigung gleich wieder in das Erdgeschoss an den Super-Tresen gegangen und hatten uns mächtig beschwert.

»Entschuldigen Sie die Störung, aber wir haben da ein klitzekleines Problem«, sagte mein Mann trotz aller Strapazen noch sehr freundlich. Wobei, bei der Wortwahl hatte er ja sogar noch den Nagel auf den Kopf getroffen!

»Si, Senor!«.

Man lächelte uns an! Die waren aber nett!

»Wir haben kein Babybett auf dem Zimmer!«, sagte ich. Irgendwie musste ich das Gespräch gleich auf den Punkt bringen. Schließlich hatten wir den Strand ja noch nicht wirklich gesehen...

»Si, Babybett — gut-gut!«.

»Nix-gut-gut!«.

Moritz wuchsen schon wieder Schweißperlen an der Oberlippe.

»Wir möchten ein Babybett aufs Zimmer!«

»Ah, Babybett, ja-ja! Morgen, morgen!«

Moritz schüttelte verzweifelt den Kopf. Zeigte dann auf den Kleinen, den ich auf dem Arm hatte und beugte sich ein wenig zu dem Mann auf der anderen Seite des Tresens. Gefährlich nahe...

»Nix morgen! Jetzt! Wir haben ein Babybett bestellt und dafür bezahlt! Ich will es jetzt!«

So energisch hatte ich Moritz lange nicht erlebt!

Doch der nette Mann vom Empfang lächelte und sagte: »Nix Babybett! Morgen!«

Dann drehte er sich um und ließ uns alleine... Für eine Nacht musste es also wirklich gehen.

Fortsetzung folgt

Sonnenstrahlen weckten uns am nächsten Morgen, recht früh... Der Kleine hatte die Nacht sehr unruhig geschlafen, so dass sowohl er als auch wir gerädert waren. Das erste Problem des Tages war wieder die Milch, die wir nicht hatten! Die Bar war garantiert geschlossen, das Restaurant sicher noch nicht geöffnet. Was aber sicher war: das Kind wollte seine Milch und zwar sofort! Für mich stellte jene Situation, frühmorgens, nach halbwegs durchwachter Nacht, ein fürchterliches Problem dar! Wie gesagt, ich bin Morgenmuffel und brauche eine gewisse Anlaufphase... In dem Fall jedoch bedeutete es: Aufstehen, Anziehen, Abhauen und hoffen, dass wir das Milchproblem erneut lösen konnten.

»Sag mal, Moritz, hast du eigentlich eine Ahnung, wo wir jetzt Milch herbekommen?«

Ich hörte ein unverständliches Brummen. Moritz rollte sich auf die Seite und stellte sich tot. Ganz tief drinnen fing es bei mir an zu brodeln. Rein äußerlich hätte man mir in jenem Moment noch gar nichts anmerken können. Scheinbar ganz ruhig wechselte ich meinem Sohn die Windel, in dem ich vor dem Bett auf den Knien hockte. Geschickt wurde die Windeln zusammengerollt, mit den entsprechenden Klebebändern fixiert und als Wurfgeschoss in Richtung unteres Etagenbett genutzt!

»Mann, sag mal, spinnst du. Oder was soll das?« dem ein „Aua!" folgte...

Was war geschehen? Mein Göttergatte hatte sich beim Ausweichen des Windelgeschosses im Zwergenbett den Kopf an der „zweiten Etage" gestoßen. Innerlich grinste ich...

»Ich hatte dich gefragt, wo wir die Milch herbekommen«, antwortete ich ihm, musste mich dabei aber wegdrehen, damit er mein Grinsen nicht mitbekam...

»Hör auf zu grinsen. Das tut weh!«.

Beleidigt rieb er sich den Kopf, musste dabei aber auch schon lachen...

Die einzige Lösung war eine Milchkanne im Restaurant des Hotels, so dass wir also beschlossen, uns für das Frühstück fertig zu machen. Bei Tageslicht begutachtete ich, im Anschluss an das Windelwechseln, das Zimmer etwas genauer.

Es war schlimmer als erwartet! Viel schlimmer war jedoch das Bad. Mit vielem rechnet man, aber nicht mir einer derartig verschmutzten, heruntergekommenen „Nasszelle". Man hätte durchaus ein Schild an die Badezimmertür nageln können „Buenos dias, cucarachas" Denn alle Armaturen waren dekorativ mit grünem Schimmel überzogen. Aus den Wasserhähnen kam eine gelbe, stinkige Brühe. Nachts hatten wir das nicht bemerkt, weil die Lampe nicht funktionierte... Diese Tatsache ließ mich in den Spiegel gucken. Waren meine Zähne jetzt etwas gelb? Diese Frage ließ sich schwer beantworten, da der Spiegel einen Riss hatte und die Spiegelfläche milchig trüb war. Die meisten Fliesen an den Wänden waren zersprungen, die Badewanne dreckig, die Handtücher löcherig, der Fußboden voller Sand... Rückwärts, sprachlos, mit einer Hand auf dem Mund, um nicht loszuschreien, entfernte ich mich aus dem Horrorbad.

»Was ist los, Mätzchen?«

Moritz guckte mich erstaunt an. Er war an jenem Morgen auch noch nicht im Bad gewesen...

»Das glaubst du nicht...!« war alles, was ich sagen konnte.

Mein Gesicht muss allerdings Bände gesprochen haben. Moritz sprang sofort auf und machte einen Satz über einen Koffer, den ich morgens für die Windeln öffnen musste. Er rieb sich jedoch nur das Knie und stand dann an der Tür des Badezimmers.

Pause.

»Mätzchen, pack die Klamotten ein und komm dann mit dem Lütten zum Empfang. Ich kläre diese Frechheit sofort!«

Daraufhin zog er sich eine Hose über und ging aus dem Zimmer. Mit ungeputzten Zähnen, also mit dem Atem eines Feuerdrachens!

Ich dachte mir, dass frische Luft nach diesem Schrecken wohl das Beste wäre und hangelte mich an dem Koffer vorbei auf das „Balkönchen". Der versöhnende Meerblick vom Balkon aus belief sich auf ein kleines Fleckchen am Horizont...

»Oh nein, das nicht auch noch!«

Erneut ließ ich mich auf eines der Betten fallen und heulte.

Der Kleine, der endlich fieberfrei war und seinem Gemecker nach zu urteilen wirklich einen „Bärenhunger" zu haben schien, fing daraufhin auch mit Geplärre an. Nach ein paar Momenten hatte ich mich gefangen, zog mich an und nahm den brüllenden Sohn auf den Arm, um meinem Mann nach unten zu folgen.

Unsere Zimmernachbarn hatten sich den Urlaub sicher auch entspannter vorgestellt. Auch sie hatten ganz sicher keine ruhige Nacht und mit dem Ausschlafen war es sicher jetzt auch vorbei...

Am Empfang im Erdgeschoss stand mein Mann und unterhielt sich mit einer Frau, die scheinbar aber keine Hotelangestellte sondern auch Urlauberin zu sein schien. Hinter dem Hoteltresen war niemand zu sehen! Hatten die sich möglicherweise auf einen Ansturm eingestellt und waren deshalb nicht da?

»Sag mal, Moritz, hat sich das Problem denn nun gelöst? In welches Zimmer dürfen wir jetzt umziehen?« fragte ich ihn, mit Sebastian auf meiner rechten Hüfte sitzend.

Moritz nahm mir den Lütten ab, schüttelte den Kopf und sagte: »Nix gut, Frau. Nix Mann hinter Tresen« und ging schnurstracks auf das Restaurant zu, das tatsächlich morgens um 7.00 Uhr schon geöffnet hatte! Was hatte denn diese Aussage zu bedeuten? Aber auf leerem Magen sind nun mal alle Katzen grau und so zogen wir schließlich los, um das erste Frühstück auf Mallorca einzunehmen.

Für mich ist Frühstück nicht nur lebensnotwendig, sondern auch die wichtigste Mahlzeit des Tages, da es die einzige ist, die wir drei im Alltag gemeinsam einnehmen. So trafen wir also im neonlichtbeleuchteten Speisesaal ein. Dort wartete die nächste Enttäuschung auf uns. Tische gab es soweit das Auge reichte, alle dreckig, benutzt und nicht gerade einladend gedeckt. Es roch sehr streng nach „was-weiß-ich". Es war laut, kalt und das um diese Uhrzeit...

Wir setzten uns trotz allem an einen Tisch in der Nähe des Buffets und räumten das dreckige Geschirr zusammen, schoben es an den Rand des Tisches, wischten die Brotkrümel auf den Boden und ließen dann unsere Blicke auf die Auslagen schwenken...

Es dauerte übrigens mehr als eine kleine Weile bis unser Tisch neu gedeckt war und wir endlich unser Frühstück in einigermaßen sauberen Umständen einnehmen konnten. Hotelbuffets sind immer etwas Besonderes — ein kleiner Urlaub, ein „Happening"!

Diese Erfahrung konnte ich während meiner Berufstätigkeit sammeln und so war die Enttäuschung entsprechend groß, nachdem ich ein erstes Auge auf die Auslagen geworfen hatte.

Reiseveranstalter müssten diese Form der Zubereitung „typisches britisches Frühstück" nennen, denn es gab nur pinkfarbene Würstchen, Schinken mit zentimeterdickem Fettrand, Eier in jeder Form und Farbe und natürlich einfache Cornflakes mit warmer H-Milch. Eine Sorte Marmelade (die roch irgendwie obergärig), Chester-Scheibletten-Käse, „Böse-Augen-Wurst" und Toast.

Die Qualität des Kaffees war furchterregend, (hatte ich ernsthaft erwartet, hier den „Melitta-Mann" zu treffen?) denn schon nach dem ersten Schluck dieses Gebräus beschlossen wir, am nächsten Morgen auf Tee umzusteigen. Im Teezubereiten waren die Engländer ja Profis. Und einen ordinären Teebeutel in eine Kanne mit heißem Wasser zu hängen sollte kein Problem für mich darstellen.

Wir saßen also an unserem Tisch und schoben jeden Bissen im Mund von links nach rechts. Es war ungenießbar! Am Nachbartisch wagte es jemand, eine Zigarette zu rauchen. Und irgendetwas war komisch an jenem Morgen! Irgendwie hörten wir keine vertraute Sprache in der Umgebung unseres Tisches. War das etwa Englisch? Und dort? Klang das wie Russisch? Wie blass doch einige Hotelgäste waren! Und was für interessante Tätowierungen... Wieso britisches Frühstück? Was hatte Mallorca eigentlich mit England zu tun? Dachte, es wäre „in deutscher Hand"? Tja, Denken ist halt Glückssache, passend zur Reise...

»Moritz, ist dir eigentlich aufgefallen, was hier für Typen rumlaufen? Hast du da vorne gesehen? Der sitzt da doch tatsächlich im freien Oberkörper am Tisch!«

»Wie freier Oberkörper?«, entgegnete Moritz, der tapfer in eine Scheibe Toast biss.

»Ich dachte, der hat ein buntes T-Shirt an!«

»Nee, du, das ist eine Tätowierung..!«

Nach dem Frühstück im Super-Schnelldurchlauf (Gucken und Gehen...), mit knurrendem Magen, schlenderten wir zur Rezeption, um nochmals nach dem Babybett zu fragen. Man hatte uns ja am Vorabend zugesagt, dass wir eines bekämen, und dass es noch vor dem Frühstück auf unserem Zimmer gebracht werden würde! Das war zumindest die Aussage des Vorabends... Die Aussage an jenem Morgen war eindeutig: „Bett sein auf Zimmer!".

So waren wir zumindest frohen Mutes, dass zumindest dieses Problem ein gutes Ende genommen hatte und bestiegen den Fahrstuhl.

»Was machen wir, wenn das Bett da gleich nicht steht« wagte ich zu fragen.

Sebastian tätschelte mein Gesicht mit seinen kleinen Patschehändchen.

»Dann mache ich da unten Dampf! Das kannste wohl glauben. Mir stinkt das hier. Und zwar gewaltig! Tolle Glücksreise, ey!«

Ich wagte nichts darauf zu entgegen und so betraten wir dann gespannt unser „Loch". Ein Blick nach rechts ins Bad. Nein, da stand kein Kinderbett. Dann der Blick geradeaus in Richtung Fenster. Da stand auch kein Kinderbett! (Ja, wollen die hier einen eigentlich verkohlen?) Ich setzte mich aufs Bett und war erneut den Tränen nahe. Moritz hatte versprochen sich der Sache anzunehmen und das tat er dann auch postwendend! Erst nach weiterem Nachfragen an der Rezeption, sprich entweder Treppen rauf und runter oder in den Fahrstuhl rein und raus, schob eine Putzfrau das ersehnte Babybett schließlich in unser Zimmer. Es sah recht passabel aus. Zumindest würde der „Dicke" dort nicht herausfallen. Würde er sich jedoch mit irgendetwas infizieren?

Aber wie kommt es doch so häufig im Leben? Man sollte sich nie zu früh freuen, denn die Putzfrau schob tatsächlich nur das Babybett in das Zimmer und unternahm keinen Versuch, das Ungetüm von Etagenbett aus dem Zimmer zu verbannen. Nun konnte sich gar keiner mehr von uns bewegen...

Ich meckerte nur so durch die Gegend. Wobei das Meckern eher Selbstgespräche waren, denn Moritz konnte für diesen Umstand ja gar nichts, hatte er sich ja sogar sehr bemüht, mit seinen Spanischkenntnissen das größtmögliche Ergebnis zu erzielen. Moritz blieb tatsächlich ruhig und machte sich wieder auf den Weg zur Rezeption. Ich beschwor ihn, sich dieses Mal nicht abspeisen zu lassen. Dass wir die ganzen zwei Wochen in diesem Loch verbringen sollten, war für mich unvorstellbar. Wir wollten uns erholen und Kraft tanken für die Zeit nach dem Urlaub, die wir dann hauptsächlich im Krankenhaus bei meinem Vater verbringen würden.

Nach einer Stunde des Wartens kam Moritz dann froh gelaunt und über das ganze Gesicht wie ein Honigkuchenpferd strahlend wieder zu Sebastian und mir ins „Loch" zurück. (Wir hatten es in der Zwischenzeit tatsächlich in dem sich immer mehr aufheizenden „Loch" ausgehalten. War irgendwie auch praktisch, Sebastian konnte ja nicht weglaufen! Und Platz zum Umkippen hatte er eigentlich auch nicht...)

Moritz umarmte mich stürmisch, sofern es den Räumlichkeiten angepasst überhaupt funktionieren konnte und teilte mir mit, dass wir am selben Tag noch ein neues Zimmer bekommen sollten! Um sich nicht mit irgendeinem weiteren „Loch" abspeisen zu lassen, hatte er das neue Zimmer schon besichtigt und war vollauf zufrieden.

So packten wir eiligst alle Sachen zusammen (neue Gäste wurden erwartet und unser Zimmer sollte wieder belegt werden! Die armen Urlauber...) und fuhren mit dem Babybett als Koffertransportwägelchen ein Stockwerk höher unserem vermeintlichen Glück entgegen...

Das Zimmer kam mir im Vergleich zu dem „Loch" wie ein Palast vor. Zwei französische Betten standen darin und es war noch so viel Platz, dass wir bequem Fußball hätten spielen können. Dazu kamen zwei Balkone, die kühlere Nächte versprachen. (Zwar schauten wir nicht mehr auf das Zipfelchen Meer sondern auf die Umgehungsstraße, aber das schien uns im ersten Moment egal. Wohl bemerkt: im ersten Moment...) Es gab sogar noch ein großes und sauberes Badezimmer mit blitzenden Armaturen, hübschen Handtüchern und ebenfalls viel, viel Platz. So waren die Wogen endlich geglättet, die Nerven recht schnell beruhigt und auf unseren Gesichtern stellte sich das erste Lächeln des Urlaubes ein. Ich umarmte meinen Mann und merkte dabei, wie ich mich endlich etwas entspannte.

»Das haste jetzt aber fein gemacht, Schatz! Wie viel Geld von unserem Ersparten hast du denn dafür locker machen müssen?«

Dabei zwinkerte ich ihm zu.

»Gar nichts, ehrlich! Ich gebe doch nichts aus, wenn ich nichts habe! Ich vermute eher, die hatten ein schlechtes Gewissen wegen des Babybettes!«

»Eigentlich auch egal wie wir zu diesem traumhaften Zimmer gekommen sind. Bloß nicht drüber nachdenken, sondern nun einfach nur genießen!«

Ich drehte mich um, packte eine kleine Strandtasche und war endlich glücklich!

Und so fuhren wir mit unseren sieben Sachen, der Kleine im Buggy, nach unten und gingen froh gelaunt durch den Hotelgarten, begutachteten den Pool und die Außenanlagen.

Leider gab es kein Kinder-Planschbecken, in dem Sebastian auch mal ohne uns hätte spielen können und auch der Spielplatz war nur eine Ruine aus vergangenen Zeiten. Eine weitere Enttäuschung, wohl aber eher für uns als für unseren Sohn...

Nach einigem Herumirren, Zurücklaufen, Umdrehen fanden wir schließlich einen Weg zum Strand. (Strandnähe ist ja ´was für Faule...) Wir wussten ja von unserem Blick aus dem ersten Hotelzimmer, dass es einen Strand geben müsste. Denn Wasser und Insel ergeben nun mal auch irgendwie Strand. Irgendwo! Richtig groß war der Schreck aber, als wir ihn schließlich entdeckten, den Strand!

»Ich glaube das jetzt nicht!«

»Ehrlich gesagt, ich auch nicht!«, entgegnete ich meinem Göttergatten.

Ich vermute, dass wir beide am Rande der Strandpromenade standen und unsere Münder sperrangelweit offen standen.

»Hast du gewusst, dass es hier McDonalds am Strand gibt? Und guck mal. Da hinten ist ein Burger King!«

Konsterniert schoben wir den Buggy über die Promenade von Palmanova. Der Weg war gepflastert mit Burger-Einwickelpapier, Pappbechern und Strohhalmen, leeren Bierflaschen, Zigarettenkippen und alten Schachteln. Wer weiß, was wir bei genauerem Hinsehen noch alles entdeckt hätten...

Auf dem Meer (es war weder Aquamarinblau noch Türkis, eher eine Mischung aus Beige und Dunkelblau!) dümpelten `zig Motorboote einträchtig neben den in dem verdreckten Wasser badenden Urlaubern. Von der Promenade aus konnte man die Ölspuren erkennen (Die Reiseleitung meinte später, dass es sich hier ja wohl eher um Sonnenöl gehandelt hätte...) und auch dort schwammen Brotreste und Papierschachteln umher! Die Promenade schien endlos lang. Es war die Bucht von Palma. Wir lagen genau gegenüber von El Arenal.

Überall gab es Weißhäutige oder Sonnenverbrannte, aber hauptsächlich rothaarige Menschen mit Tätowierungen jeder Art. Aus welchem Land die wohl kamen? Das Hotel war mir ja bekannt... Wir wagten trotz allem nach einiger Überwindung und einer halben Flasche Sonnenmilch auf unseren Körpern ein erstes Bad im Mittelmeer, schließlich waren wir im Urlaub auf „Malle" und hatten uns schon auf das Nass gefreut!

Sebastian war sehr verhalten als er den ersten Schritt in die Fluten tat. Natürlich war er an unserer Hand! Er zerrte jedoch, weinte und wollte schnell wieder an den Strand zurück! Das konnte ich ihm auch bei genauerem Hinsehen gar nicht verdenken. Tatsächlich schwammen neben Toilettenpapierresten auch „alte Bekannte" im Meer herum... Womöglich fischte man hier unser Abendessen?

Moritz war an diesem Morgen etwas mutiger (oder sollte man es waghalsiger nennen?) und stürzte sich tatsächlich kopfüber (..., hoffentlich hatte er den Mund zu!) in die Fluten.

Ich vermute einfach, dass er die Wasserqualität zu dem Zeitpunkt noch nicht begutachtet hatte. Meine gute Stimmung war erneut auf dem Tiefpunkt, mein Magen knurrte immer noch und Sebastian schien allmählich seinen Mittagsschlaf zu brauchen. Ein weiteres Phänomen: warum nörgeln kleine Kinder immer, wenn sie müde sind? Warum machen sie nicht einfach die Augen zu und gut ist? Ich lege mich doch auch nicht auf das Sofa und heule erst einmal ne Runde, bevor ich mich entschließe zu schlafen!

So zogen wir dann doch recht schnell wieder zurück ins Hotel, vorbei an Restaurants mit den Namen „Princess of Wales", „Prince William", „Harry" oder „Di".

Mittagessen fiel für Moritz und mich aus Kostengründen aus. Wir hatten nur Halbpension gebucht. Der Appetit auf Burger und Pommes war jedoch sehr groß… Der Kleine bekam eines der „hundert" Gläser, die wir in den Koffern verstaut hatten. Ich gebe zu, einen Moment habe ich daran gedacht, auch ein Gläschen für mich warm zu machen…

Sebastian schlief recht schnell ein. Und auch Moritz und ich legten uns hin. Jeder ausgestreckt auf einem großen Bett — welch Wohltat!

Poolerlebnis mit Folgen

Nach einem ausgiebigen Mittagsschlaf beschlossen wir ein paar Runden im Hotelpool zu drehen. Dort, so nahmen wir an, wäre die Wasserqualität sicher wesentlich besser und gesünder als im Meer! Als Sternzeichen Fisch ist Sebastian eigentlich eine geborene Wasserratte. Die Badesachen wurden also untergezogen, die Badelaken unter den Arm geklemmt, ein Eimer zum Spielen für den Kleinen in die Hand genommen und schon ging es in den Hotelgarten.

Überraschender Weise konnten wir problemlos zwei Liegestühle ergattern (sogar nebeneinander!), in der Sonne und in direkter Nähe zum Pool. Ich dachte eigentlich, dass es sehr schwierig wäre eine Liege zu bekommen. Hatte es nicht kürzlich erst wieder einen Bericht darüber im Fernsehen gegeben? Waren es nicht vor allem die Deutschen, die morgens gegen 6 Uhr schon ihre Handtücher auf die Liegen legten, um diese zu reservieren? Wie auch immer, in diesem Hotel schien es außer uns eh keine Deutsche mehr zu geben. Also waren auch die Liegen frei! Sebastian zog das Wasser magisch an! Er tappelte aufgeregt auf seinen kleinen Patschefüßchen hin- und her, strahlte über das ganze Gesicht und zeigte uns auf diese Weise, wie sehr er baden gehen wollte! Moritz nahm den Kleinen also auf den Arm, ging mit ihm die Treppe ins Wasser herunter und tauchte mit ihm unter! (Wie gemein...)

So erfuhren Sebastian und Moritz also prompt beim ersten Eintauchen, dass es sich bei dem Poolwasser um kaltes Salzwasser handelte. Auch eine neue Variante...

Doch diese Tatsache hielt Sebastian letztendlich nicht davon ab, vom Beckenrand ständig in Papas Arme zu springen und einen Heidenspaß zu haben. Sebastian konnte sogar ein weitaus älteres Mädchen animieren es ihm gleichzutun und so gab es Spaß pur.

Ich entspannte mich währenddessen ein wenig auf der Liege und sollte etwas später zum Zuge kommen, wenn mein Mann seine Runden im Pool drehen wollte. Schließlich ist er Triathlet und muss während der Wettkampfzeiten im Training bleiben!

Natürlich blieb es nicht aus, das Sebastian bei dem Geplansche im Salzwasser-Pool eine recht große Menge Wasser schluckte und dann im Laufe der Zeit im Wasser auch immer jauliger wurde. Ich meine, wer trinkt schon gerne Salzwasser? Freiwillig doch wirklich niemand, es sei denn, es muss etwas aus dem Magen wieder heraus, was da nicht wirklich hingehört!

Und so dachten wir, etwas Abwechslung für den Kleinen könnte nie schaden und setzten ihn dann in einen Schwimmreifen, den wir in einem Laden am Strand gekauft hatten. Eigentlich war das gar kein Schwimmreifen! Es war ein aufblasbares Boot, in dessen Boden man die Beinchen durchsteckt, so dass Sebastian sitzen konnte. Wobei er da nicht wirklich gerne drin saß und immer wieder versuchte, die Beine in das Boot zu ziehen!

Aber hatte nicht schon Sebastian Kneipp geschrieben, dass Wassertreten in kaltem Wasser gesund sei? Und so musste sich der Kleine seinem Schicksal fügen und mit blau gefrorenen Beinchen (wie wir etwas später leider feststellen mussten...) durch den Pool schippern.

Etwas später am Nachmittag begab ich mich dann auch einmal mit dem Kleinen ins Wasser. Das kostete mich persönlich jedes Mal große Überwindung. Ich liebe eher Wassertemperaturen jenseits der 30 Grad! Erneut machte Sebastian also die Bekanntschaft mit dem Salzwasser im Pool. (Das ist für uns Nordeuropäer aber auch sehr gewöhnungsbedürftig!) Anstatt ein paar netter Minuten im kühlen Nass ereignete sich so recht schnell folgende Katastrophe: Ich hörte als erstes nur einen kleinen Rülpser, was bei Kleinkindern noch liebevoll „Bäuerchen" genannt wird und nicht ganz ungewöhnlich ist. Was dann aber folgte war fürchterlich, denn Sebastian übergab sich in einem großen Schwall direkt vor den Augen der Badegäste in den Pool.

Es dauerte tatsächlich nur eine Schrecksekunde bis ich den jämmerlich weinenden Sprössling, mit dem Schwimmreifen um den Bauch (natürlich vollgek...) aus dem Wasser hob. Meiner besseren Hälfte, die sich ebenfalls im Pool zum Schwimmtraining befand, war dieses Malheur zum Glück nicht entgangen, so dass er geistesgegenwärtig mit kräftigen Zügen durch das Wasser schwamm (...), während ich die größere Stücke (igitt) mit dem Sandeimer aufsammelte. Dabei hielt ich verzweifelt den kleinen Sebastian heulend unter dem Arm geklemmt, wobei meine Blicke panisch hin- und her wanderten! Wer hatte was gesehen? Entgegen aller Befürchtungen hatte scheinbar niemand der anderen Gäste diesen Vorfall bemerkt oder aber sie schwiegen gentleman-like!

Sebastian saß also auf meine Hüfte, während ich versuchte, mich mit einer Hand irgendwie trocken zu reiben. Schließlich war ich pitschnass! An Absetzen des kleinen Lieblings war gar nicht zu denken. „Ach wäre ich nur ein Tintenfisch und hätte 8 Arme...!" So musste ich Sebastian weiter auf dem Arm halten, denn ansonsten würde er „Zeter und Mordio" schreien, soviel wusste ich! Und was ich am wenigsten gebrauchen konnte war Aufmerksamkeit...

Etwas später marschierte ich mit gesenktem Haupt (damit mich niemand erkannte) und tropfendem Badeanzug (wie gesagt, Abtrocknen war irgendwie nicht wirklich möglich) in Richtung Hotelhalle. In der linken Hand den übelriechenden Eimer balancierend, auf dem rechten Arm das übel aus dem Mund riechende Kind! Unbesehen und unbeschadet kamen wir am Fahrstuhl an. Kam es mir nur so vor oder wurden wir von mitfahrenden Gästen im Fahrstuhl schräge angesehen?

Als wir schließlich in unserem Zimmer ankamen war für den „Dicken" zumindest die Welt wieder in Ordnung. Er lief fröhlich umher, krabbelte auf eines der großen Betten und hüpfte auf der Matratze auf und ab! Dem Magen musste es also schon wieder besser gehen! Ich musste allerdings den Eimer im Bad entleeren, was mir kurzfristig ebenfalls einen flauen Magen bereitete. Mein Mann kam kurze Zeit später in das Zimmer zurück und da ich mich wieder beruhigt hatte, lachten wir sogar über diesen Vorfall, wenngleich ich für den Rest des Urlaubes den Gedanken an einem erfrischenden Bad im Hotelpool verdrängte.

Wo aber konnten wir uns überhaupt noch abkühlen? Welche Alternative hatten wir? Was war die schlechtere Wahl? Dreckiges Meer mit „alten Bekannten" oder Chlorwasser mit „Fleischeinlage"?

So hakten wir diesen Schrecken erst einmal unter „einmaligem Vorfall" ab. Im Nachhinein gebe ich zu, dass das ein vorschneller Entschluss war...

Abendstund' hat „Gold" im Mund?

Auch wenn wir das Zusammenspiel von Angebot und Nachfrage bei dem Hotelessen nicht erkennen konnten, machten wir uns an jenem Abend, dem Abend nach dem Poolerlebnis, ein wenig zurecht in der Hoffnung, dass es beim Abendessen gemütlicher als beim Frühstück zugehen würde. Auch das war ein immer wiederkehrender Trugschluss, denn um uns herum versammelten sich allabendlich sonnenverbrannte, tätowierte, übel riechende Menschen der schlimmsten Sorte, eben dieselben Gäste wie beim Frühstück! Wenn ein männliches Wesen ein sauberes T-Shirt zu der ausgebeulten Shorts trug, dann war das schon eine Bereicherung für den ganzen Abend. Im Speisesaal tummelten sich Menschen mit Gummilatschen und den abenteuerlichsten Essmanieren.

Zum Glück fanden wir meistens einen Platz in der Nähe des Buffets, um rechtzeitig losstürmen zu können, wenn „frisches", warmes Essen nachgelegt wurde. Wobei wir an dieser Stelle von heißen, aber fettigen Pommes sprechen... Denn unsere Spanne reichte von Pommes über Pommes mit Ketchup bis hin zu Pommes mit Ketchup und ab und zu Hähnchen. Alles andere schien schon beim Anblick undefinierbar und wahrscheinlich auch ungenießbar.

An unserem Tisch bediente an jenem Abend eine sehr aufmerksame Spanierin, die sich immer nett um Sebastian und die anderen lärmenden Kinder bemühte. Sie streichelte Sebastian übers Köpfchen, so dass er sie jedes Mal angrinste und anfing, in seinem Hochstuhl zu hüpfen. Unser Sprössling saß also an jenem verhängnisvollen Abend nach dem verhängnisvollen Tag in seinem Hochstuhl am Tisch und jammerte unaufhörlich. Wir als treusorgende Eltern nahmen natürlich an, dass es sich um „Hungergeschrei" handelte, denn dieses konnten wir eigentlich unterscheiden! Ein kurzer Blick auf meinen Göttergatten und ich wusste, dass auch seine Laune nunmehr wieder den Tiefpunkt erreicht hatte und er kurz davor war „das Handtuch" zu schmeißen, sprich das Abendessen ausfallen zu lassen und stattdessen auf dem Balkon unseres Zimmers Canasta zu spielen. Eine prima Diät!

Ich versuchte Moritz ein wenig aufzumuntern, denn die Kulisse in dem Speisesaal war schon den einen oder anderen Kommentar wert. Mein liebstes Hobby ist es bis heute Leute zu beobachten und zu katalogisieren. Was nicht immer fair bzw. passend ist, aber unheimlich viel Spaß macht! Wenn man schon nichts zu essen für das Geld bekommt, dann doch bitte schön etwas Unterhaltung!

»Hey, Moritz, guck mal! Der da mit dem Rippenshirt! Ist das ein Unterhemd?«

»Meinst du den, der heute Nacht vor Sonnenbrand nicht schlafen kann?«

»JIP!«

»Ist mir egal, was der an hat. Aber hast du mal gesehen, was der sich auf seinen Teller getürmt hat? Wie kann der das essen?«

Moritz schüttelte sich vor Ekel!

Schließlich bestellten wir für horrendes Geld eine Flasche Rotwein, um dann doch einen Versuch zu unternehmen, etwas Essbares am Buffet zu ergattern. Denn nicht jeder Abend sollte auf dem Hotelbalkon mit knurrendem Magen und einem Gin-Glimmer enden...

Doch etwas Essbares zu finden war ein Trugschluss. Die Fleischauslage hatte undefinierbare Farben, wobei wir hier weder von Rot noch Braun sprechen! Die Beilagen waren nicht nur zerkocht sondern hatten auch merkwürdige Formen angenommen. Broccoli erkannte man nur an der Farbe, Karotten waren zu einem Mus verkocht. Als einziges blieben für den „Dicken" und uns erneut Pommes! Und natürlich der Nachtisch. Wobei an dieser Stelle zu erwähnen sei, dass Sebastian das Essen nichts auszumachen schien! Jedoch kaum, dass wir drei wieder am Tisch saßen und Sebastian die ersten Schnipse Pommes im Magen hatte, kündigte sich der zweite Trugschluss des Abends an, nämlich die Hoffnung auf ein ruhiges und harmonisches Essen.

Wir hörten nur noch den bekannten Rülpser und das Schicksal nahm erneut seinen Lauf...

Sebastian kehrte dieses Mal seinen kompletten Magen von innen nach außen. Dieses Mal waren die Folgen weitaus schlimmer und peinlicher. Sämtliche Tischnachbarn, die uns kurz zuvor lächelnd zugeprostet hatten, die Sekunden vorher noch freundlich über ihre Teller hinweg mit unserem Kind gelacht hatten, suchten binnen Sekunden das Weite. Noch nie waren die Tische um uns herum so schnell so leer.

Sebastian heulte nun noch lauter, war er doch über und über mit Erbrochenem bedeckt. Moritz und ich guckten uns an und waren an diesem Abend ebenfalls satt! Wie praktisch... Ich griff mir das schreiende Kind, zog es aus dem klemmenden Hochstuhl heraus, egal ob sich über meine Hände eine warme, stinkende Brühe ergoss und ließ einfach meinen Mann mit dem Dilemma am Tisch allein. Nein, mir war das nicht peinlich! Mir war das schrecklich peinlich! Zudem triefte (und stank) Sebastian ganz fürchterlich. Die freundliche Bedienung kam angerannt und half Moritz den Tisch zu säubern und den Boden zu wischen. Der teure Rotwein blieb ungetrunken auf dem Tisch stehen, die Rechnung dafür mussten wir natürlich bezahlen.

Komischer Weise war Sebastian nach dieser Exkursion erneut „fit wie ein Turnschuh". So zogen wir, nachdem wir Drei uns alle gewaschen und umgezogen hatten, in Richtung Strand, aßen dort ein Sandwich und kauften im Supermarkt zwei Flaschen Tonic und erneut eine Flasche Gin. (An dieser Stelle muss erwähnt sein, dass wir keine regelmäßigen Trinker sind!) Der Abend auf dem Balkon mit diversen Spielen Canasta war also gerettet und wir beruhigten uns und unsere Nerven durch einen gewissen Pegel Alkohol.

Schade war es, dass der Urlaub so angefangen hatte. Aber andererseits konnte es ja nur noch besser werden, oder etwa nicht?

Geräusche der Nacht

Mit gewisser Bettschwere begaben wir uns dann also so gegen 23.00 Uhr in die Kojen, um den verlorenen Schlaf der letzten Nacht nachzuholen. Sebastian schlief schon seit Stunden in seinem Gitterbett und schien genauso erschöpft gewesen zu sein wie wir es waren. Aber so recht wollte sich der Schlaf bei uns nicht einstellen. Beide Balkontüren waren weit geöffnet und doch schien die Hitze in dem Zimmer sich durch die Kühle der Nacht nicht im Geringsten gestört zu fühlen. Es war immer noch sehr heiß in dem großen Raum. Wir vermissten eine Klimaanlage oder zumindest einen Deckenventilator!

Und natürlich einen Kühlschrank, denn alle Getränke waren nur direkt nach dem Kauf eiskalt, nahmen dann rapide an Temperatur zu und waren dann irgendwann sehr schwierig zu genießen, auch mit Alkohol. Hinzu kam, dass direkt unter unserem Balkon im Hotelgarten ein Animationsprogramm lief und der Animateur in größter Lautstärke (er hatte sicher das fortschrittlichste Mikrofon erworben) sein Programm durchzog. In den Pausen gab es stets Musik, die zwar unseren Musikgeschmack traf, aber nicht wirklich zu unserem Schlaf beitragen konnte...

»Moritz, schläfst du schon?«

»Machst du Witze? Wie kann man bei dem Lärm ein Auge zu tun?«

»Immerhin schläft der Dicke den Schlaf des Gerechten. Das war ein sooo anstrengender Tag für ihn!«

Tja, was bin ich eine fürsorglich besorgte Mutter…

»Für mich war der Tag auch anstrengend! Ich habe Urlaub, ich will mich erholen! Die Zeiten der durchwachten Nächte im Urlaub sind vorbei, verdammt noch einmal! Kann das da unten nicht endlich aufhören?«

»Glaubst du, die warten nur darauf, dass du dich beschwerst? Ich habe echt keine Lust mehr auf diesen Scheiß-Urlaub…! Es ist überall laut, dreckig, stinkig und das Essen schmeckt nicht!«

»Soll ich vielleicht die Balkontür schließen? Vielleicht können wir dann ja schlafen?«

Moritz stand auf und schloss die Türen.

Ruhe! Hitze!

Die Balkontüren gingen nach ein paar Minuten wieder auf! Und nach ein paar weiteren Minuten wieder zu! Wir mussten also eine Entscheidung treffen! Entweder die Balkontüren schließen und ersticken oder aber etwas kühlere Luft in den Raum ziehen zu lassen und einen Hörschaden bekommen.

Sebastian lag nunmehr völlig durchgeschwitzt in seinem Bett und fing an, sehr unruhig zu schlafen. So wurde uns die Entscheidung abgenommen und wir öffneten die Balkontüren erneut und lauschten notgedrungen dem Animationsprogramm unter unserem Balkon! Immerhin wurde der Kleine wieder ruhiger. Denn was wir in jenen Minuten nicht gebrauchen konnten, war ein Kind, das wach wurde...

Irgendwie fanden wir dann doch immer wieder eine kleine Mütze voll Schlaf. Wohl auch, weil der Lärm unter unserem Balkon gegen 1.00 Uhr in der Früh endlich ein Ende nahm. Aber diese Ruhe sollte nicht lange anhalten, denn wir wurden immer wieder durch das Knattern von Motorrädern oder durch das Brummen der Busse am Weiterschlafen gehindert. Selbst Sebastian, der recht geräuschunempfindlich ist, wachte dann doch ständig auf und weinte. Warum müssen diese Fahrzeuge auch ausgerechnet unter unserem Balkon durch die Nacht fahren?

Nun ja, es war mittlerweile Partytime und das Jungvolk war unterwegs, um Spaß zu haben. Früher gehörten wir auch einmal zu dieser Gattung... Was wir bei der Zimmerbesichtigung natürlich auch nicht sonderlich beachtet hatten war die Hauptstraße, die direkt an unserem Hotel Richtung Magaluf führte. Dem „Sündentempel" des Südwestens von Mallorca. Hier finden jeden Abend „Trinkwettbewerbe" statt und es gab Alkohol in rauen Mengen zu Dumpingpreisen.

Als schließlich morgens in der Dämmerung unter unserem Balkon die Anlieferung für das Hotel begann, waren unsere Nerven zum

Zerreißen gespannt. Es klimperte und klapperte bei jeder Geträn-
kekiste, die in den bzw. aus dem LKW geladen wurde...

»Guten Morgen, Moritzi! Hast du auch gar nicht geschlafen? Ich
fühle mich wie gerädert!«, war meine erste Frage an meinen Mann
an dem darauffolgenden Morgen.

»Schlaf? Was ist das?«

»Meinst du, dass jeden Abend da unten im Garten Animation ist?«

Ich kannte die Antwort natürlich, aber dann sagte Moritz noch
Folgendes:

»Jeden Abend Animation, jeden Abend Autogeräusche und jeden
Morgen Anlieferung! Welche Wette gilt?«

Ich schlug nicht ein...

Ich war mir an diesem Morgen sicher, dass ich diese Tortur mit
Sicherheit nicht noch weitere 12 Tage ertragen könnte. Urlaub sollte doch zum Erholen sein! Was hatten wir in zwei Tagen schon
alles erlebt? Was würde noch kommen?

Strandtag mit Folgen?

Wir drei waren jedoch schlechter Laune, die durch das Frühstück natürlich auch nicht verbessert wurde. Es gab wieder das gleiche Angebot unter gleichen Bedingungen. Wir maulten nur so herum und schlichen todmüde an den Strand, um dort ein wenig zu entspannen, den Schlaf der letzten Nacht nachzuholen und faul in der Sonne zu liegen. Sebastian traute sich nach wie vor nicht so richtig im Meer zu schwimmen. Er wollte eigentlich immer nur seine Füße etwas im Nassen haben und buddeln. So baute mein Mann mit Sebastian die von mir erträumten Sandburgen, die immer wieder zerstört wurden, bevor sie überhaupt entstanden waren. Jeder, der ein Kleinkind zu Hause hat versteht, was ich damit meine...

Um überhaupt etwas entspannen zu können beschlossen wir, in der Nähe unserer Handtücher und der Muschel, die ein bisschen Schatten spenden sollte, ein großes Loch auszuheben, in dem Sebastian dann in aller Ruhe buddeln konnte, ohne gleich auszureißen und den Strand entlang zu laufen! Dieses Loch musste also schon etwas tiefer sein... Das funktionierte recht gut und so dösten Moritz und ich den Rest des Vormittages vor uns hin, während Sebastian verzweifelt versuchte, aus seiner Strandburg zu entkommen, was ihm aufgrund der Tiefe des Lochs nicht gelingen konnte! Es war ziemlich tief und echt ziemlich gemein...

Um die Mittagszeit machten wir uns auf den Weg zu einem Supermarkt, um dort gekühlte Getränke, ein Eis für den „Dicken" und etwas Obst für uns zu besorgen. Moritz hatte dabei großen

Gefallen an einer Honigmelone gefunden, die wir schließlich erstanden und mit an den Strand und damit zurück in die Sonne trugen. Ich esse zwar auch gerne Obst, doch aus Melonen mache ich mir nicht besonders viel. Mein Glück...

Schließlich redeten wir mit Engelszungen auf unseren Sprössling ein, einen weiteren Mittagsschlaf im Buggy zu halten und nach ein paar Minuten schlief er erneut im Schatten eines neu erworbenen Sonnenschirmes für glatte 1 1/2tunden. Auch wir nutzten diese Zeit, um weiteren Schlaf der letzten durchwachten Nacht nachzuholen. Was wir in diesem Moment nicht ahnten war, dass wir auch gleichzeitig Schlaf der kommenden Nächte vorholten...

Gegen 16.30 Uhr hielt uns dann doch nichts mehr am Strand. Wir bummelten ein wenig die Promenade entlang und kauften uns einen Cheeseburger bei McDonalds und einen Milkshake für den „Dicken".

Zurück im Zimmer wurde von meinem Mann sofort ein Teil der Melone verspeist (woher er das dazugehörige Messer bekam, weiß ich heute nicht mehr!), geduscht, etwas gespielt und dann gingen wir ins Erdgeschoss in der Hoffnung, dass an diesem Abend das Angebot am Buffet eher unserem Geschmack entsprach. Aber auch dieses Mal langte es nur zu Pommes und etwas Beilage. Selbst Moritz, der einen „Schweinemagen" zu haben scheint und eigentlich nicht sehr wählerisch ist was Essen anbelangt, hatte nur ein paar der frittierten Kartoffeln auf seinem Teller. (Tolle Halbpension, wenn man nicht satt wird und den Hunger abends an einem

Imbiss stillen muss, oder? Abgesehen von den zusätzlichen Kosten für Verpflegung, die wir nicht einkalkuliert hatten! Oder heißt „Halbpension" möglicherweise „man wird nur halb satt"?)

Nun ahnten wir auch, warum diese Reise so günstig war...

An diesem Abend sollte eine Informationsveranstaltung des Reiseveranstalters stattfinden. Die Liste der Mängel und Beschwerden, die wir innerhalb von nur 48 Stunden angesammelt hatten, war lang! Wir wollten diesen Termin auch wahrnehmen! Normalerweise werden an solchen Abenden auch noch Ausflüge verkauft, die wir uns eh nicht hätten leisten können. Und meistens geht man nur zu diesen Treffen, um sich einen kostenfreien Cocktail abzuholen...

Wir stellten sehr schnell fest, dass wir nicht die einzigen „Glücksreisenden" waren. Wir befanden uns in einem Pulk von unzufriedenen deutschen Urlaubern, die ihr sauer verdientes Geld in den Urlaub gesteckt hatten und in Palmanova eine große Enttäuschung erleben mussten. Es gab Familien mit zwei großen Kindern, die sich ein kleines Hotelzimmer, wie wir es am Anfang hatten, teilen mussten. Auch waren alle mit dem Hotelservice nicht einverstanden. Der Reiseleiter stellte sich machtlos. Ich bin mir sicher, dass er die Klagen Woche für Woche hörte und an den Tatsachen nichts ändern wollte oder konnte...

Um es kurz zu machen, für uns sollte sich erst einmal nichts ändern. Auch die Beschwerden führten zu keiner positiven Veränderung! Und auch jene Nacht brachte nicht die ersehnte Ruhe... Das Theater der Vornacht fing um 21.00 Uhr von neuem an. Im Garten unterhalb unseres Zimmers wurde eine Karaoke-Show aufgeführt und auch die Gäste sämtlicher umstehender Hotels durften / mussten kostenlos dieser tollen Veranstaltung beiwohnen...

Wir saßen auf dem Balkon bei einem bzw. mehreren Gläsern Gin-Tonic und schwiegen uns an. Zum Sprechen war uns nicht zu Mute. Außerdem wäre das Thema wieder unweigerlich auf das Hotel gekommen und darauf hatte keiner von uns beiden Lust...

Leider hatten wir auch kein Babyphone dabei. Sonst hätten wir vielleicht noch Spaß an Karaoke gehabt, wenn wir unten im Hotelgarten bei einer Sangria gesessen und dem Treiben zugeschaut hätten. So aber waren wir frustriert, genervt und müde.

Qualen

Die Odyssee des Frühstücks sollte sich nicht ändern und so zogen wir morgens schon schlecht gelaunt an den Strand. Sebastian legte auch im Urlaub sein Frühaufsteherdasein nicht ab und so waren wir meistens schon gegen 10.00 Uhr am Wasser. Da konnte einem der Tag sehr lang werden, wenn man sich immer wieder mit dem Kind beschäftigen musste, kaum eine ruhige Minute hatte, der Lärm einen sogar bis zur Promenade verfolgte. Zum allein spielen war der „Dicke" noch zu jung und andere Kinder in seinem Alter schienen nicht anwesend zu sein. Was waren das für vorausschauende Eltern gewesen, die nicht Urlaub in Palmanova bzw. eine Glücksreise mit einem Kleinkind gemacht hatten. Wir schienen allein auf dem Planeten „Urlaubs-Pech" gelandet zu sein.

Und dann fing es an, in meinen Armbeugen und an meinem Ausschnitt zu jucken. In diesem Moment dachte ich nur: „Wenn das jetzt diese berühmt-berüchtigte Mallorca-Akne ist, dann fliege ich nach Hause. Ich habe die Schnauze gestrichen voll". Ich traute mich gar nicht, meinem Mann von den juckenden Pusteln zu erzählen. Auch er wäre aus allen Wolken gefallen. So verdrängte ich die juckenden Stellen und blieb tapfer in der Sonne liegen. Man will ja schließlich wohl gebräunt aus dem Urlaub kommen, oder?

Dass die Sonne Ende Juli/Anfang August die höchsten Temperaturen auf die Balearen zaubert, hatten wir nicht so recht bedacht. Also gab es alle 20 Minuten eine Abkühlung im Meer. Das Zusammenwirken von Sonnenmilch, Sonne, Salzwasser und Schweiß (und wohl auch schlechter Laune) brachte die ganze Katastrophe jedoch am Abend zutage: die Haut war feuerrot, juckte fürchterlich und einige Partien schienen sogar angeschwollen zu sein!

Und so mussten wir am folgenden Morgen direkt zum Arzt. Dort bekam ich eine Calciumspritze sowie eine Creme für die betroffenen Hautstellen. Dazu natürlich die Verwarnung nicht mehr in die Sonne zu gehen und wenn, dann nur mit langen Hosen, langen Ärmeln und am besten im Rollkragenpullover! Jaja, schon klar! Natürlich wurde bar bezahlt... Diesen Urlaub hielt es sich mit der Sonnenallergie sogar in Grenzen und ich musste, nach meinem eigenen Ermessen natürlich, nur einen Tag ganz aus der Sonne. Diese Zeit nutzten wir und bummelten durch Palmanova.

Bei dem großen Angebot von Autoverleihfirmen in diesem Ort beschlossen wir, spontan wie wir nun mal waren und auch heute noch sind, uns für das kommende Wochenende einen Mietwagen zu gönnen. Es gab sogar Kindersitze, die eine sichere Fahrt auch für unseren kleinen Schatz gewähren sollten. Und die Preise waren auch akzeptabel. Wir konnten also an dem nächsten Wochenende mit einer Erkundungstour starten. Diese Aussicht auf Abwechslung brachte ein kurzfristiges Hoch in unsere Urlaubsstimmung, ein Tief in die Urlaubskasse.

An jenem Nachmittag, zwei Tage nach Kauf der Melone, passierte es dann: mein Mann aß noch recht genussvoll im Hotel den Rest des guten Stückes. Das hätte er lieber nicht tun sollen, denn nicht nur, dass er ja den ganzen Tag in der Sonne gelegen hatte in dem

Glauben, dass man nur dort braun wird. Nein, Moritz konnte den Hals nicht voll genug bekommen und aß wirklich eine noch sehr beträchtliche Menge Honigmelone! Nun gut, es war ja im Prinzip nur Wasser. Im Prinzip...

Doch keine zwei Stunden später sagte Moritz zu mir, dass er sich gar nicht gut fühle und er möglicherweise so etwas wie Schüttelfrost hätte. Er kam auch gar nicht aus seinem Bett hoch. (Wollte er vielleicht nur seine Ruhe haben, gar das Abendessen boykottieren? War ihm der Eklat des Vorabends noch zu bewusst?) Eigentlich ist Moritz doch nie krank... Vielleicht hatte er ein wenig zu viel Sonne abbekommen? Das war bestimmt ein Sonnenstich! Geschieht ihm recht. Ich hatte ja davor gewarnt so lange in der Sonne zu liegen. Man kann davon ja auch eine gaaaanz schlimme Sonnenallergie bekommen...

Das Fieberthermometer zeigte 39,6 Grad an, er fieberte also tatsächlich vor sich hin. Moritz döste, stöhnte und glühte am ganzen Körper. Zwischendurch lief er immer wieder zum Klo und entledigte sich der Honigmelone, die wohl auch die besten Tage gehabt hatte. Vielleicht wäre ein Kühlschrank im Zimmer eine gute Investition gewesen...? Mit Waden- und Stirnwickel ging dann das Fieber bis zum nächsten Morgen wieder runter.

In dieser Nacht war ich dankbar, dass wir zwei große Betten im Zimmer hatten und ich Moritz immer wieder abkühlen konnte, weil der Lärm mir sowieso keine Zeit zum Schlafen gab.

Rettung naht in Paguera

Am Freitagmorgen war Sebastian in besonders erfinderischer Laune und spielte auf dem Balkon. Wir mussten öfter nach ihm schauen, damit er nicht auf die Idee kam, einen Sprung über das Geländer zu wagen. Aber in einem unbewachten Moment schaffte er es, Badeanzüge und Badehose sowie seinen Sonnenhut auf den unter uns liegenden Balkon zu befördern. Die Wasserflasche, natürlich aus Glas, landete jedoch mit einem großen Knall auf den Steinen vor unserem Hotel. So schnell hatte ich mich noch nie geduckt...

Auf dem Weg zum Frühstück hatte der „Dicke" dann mal wieder „den Schalk im Nacken". Er guckte sich eine Person im Fahrstuhl aus und schlug mit der Hand auf die Schulter dieser Person. Die meisten, die in den kommenden Tagen dieses Spiel mit ihm spielten, fanden es recht amüsant; wir vermochten am liebsten in Grund und Boden zu versinken.

Woran wir aber immer wieder feststellen konnten, dass Sebastian von Moritz und mir abstammt war die Tatsache, dass er das Essen immer wieder auf seinen Teller spuckte. Auch er konnte damit nicht (mehr) leben. Wie froh waren wir darüber, dass wir ein paar Gläschen mit Babykost dabei und in der Apotheke auch schon Nachschub gesehen hatten. Wenigstens einer von uns konnte satt werden...

Unsere Stimmung war durch die nächtlichen Unterbrechungen und den damit verbundenen Schlafmangel sehr gereizt. Und bekanntlich sind mit leerem Magen alle Katzen grau. Jeder von uns hatte in diesem Urlaub auf Erholung gewartet und diese war nach knapp einer Woche noch nicht wirklich eingetreten. Im Gegenteil, der Wunsch nach Hause fliegen zu können in die gemütlichen eigenen vier Wände, mit ruhigen Nächten und anständigem Essen machte sich nicht nur in mir breit. Sogar mein Mann hatte langsam von Mallorca und allem was dazu gehörte die Nase gestrichen voll.

Zudem kam noch, dass wir immer öfter und intensiver miteinander stritten. Diesen Zustand kannten wir überhaupt nicht. Jeder war gereizt und konnte sich an gar nichts mehr erfreuen. Und jeder gab dem Anderen Schuld an dem Dilemma. Sebastian schien diese Situation auch nicht zu gefallen, denn je mehr wir uns stritten, desto öfter und anhaltender war er am schreien. So gab es in unserem Zimmer immer nur noch schlechte Laune, Streit und Zank.

Im Prinzip hätte der Urlaub nach zwei Wochen in einer Scheidung enden können, wenn wir uns nicht das eine oder andere Mal zusammengerissen hätten. Dabei hatten wir uns doch von dem Urlaub erhofft, mit weiterem „Nachwuchs" nach Hamburg zurückzufliegen...

Schließlich hatte mein Mann entschieden, dass wir sobald das Auto vor dem Hotel stünde, nach Paguera fahren würden, um dort bei dem Reiseveranstalter eine Beschwerde einzureichen und um das Hotel für die zweite Woche zu wechseln. Für diesen Entschluss hätte ich ihn erneut heiraten können. An jenem Abend kehrte endlich wieder ein wenig Harmonie bei uns ein.

Am Freitagnachmittag erreichten wir Paguera, eine von Deutschen beherrschte Stadt westlich von Palmanova. An jedem zweiten Cafe stand „Hier gibt es Tchibo-Kaffee". Wir probierten literweise Kaffee und fühlten uns gleich viel besser. Es ist nicht so, dass wir im Urlaub unser gewohntes Essen und Trinken haben müssen. Im Gegenteil, wir probieren das eine oder andere gerne aus, doch nach der einen Woche Pommes und Tee wollten wir nur noch Hausmannskost.

Der Ort an sich gab auch mehr her. Er war übersichtlicher, nicht so riesig wie Palmanova, viel grüner und freundlicher. Die Hotels waren klein und zum Teil sehr malerisch. Es gab nicht so viel Verkehr und einen sehr netten Strand ohne Bootsverkehr und vor allem ohne Schnellrestaurant

Unser Auto brachte uns dann also direkt ins Reisebüro zu einer sehr unaufmerksamen Reiseleiterin, die mit einer Zigarette in der Hand sehr unwillig einen Kunden vor uns bediente. Als wir nach geschlagenen zehn Minuten endlich an die Reihe kamen und mein Mann unsere Probleme erläuterte, schien diese werte Dame es gerade mal für nötig zu halten ein paar Seiten in einem Katalog zu durchblättern, um uns zu sagen, dass wir nur gegen großen Aufpreis evtl. ein Apartment bekommen könnten. Es schloss sich natürlich die Frage an, ob die Probleme in unserem Hotel tatsächlich so gravierend seien wie wir es geschildert hatten, oder ob wir das Ganze nicht ein wenig übertrieben hätten...

Unsere Urlaubskasse war von Beginn der Reise an mehr als leer. Wie hätten wir noch den Aufpreis für ein Apartment zahlen können? Also kam diese Frau zu dem Schluss, dass es doch alles gar nicht so schlimm sei und wir die zweite Woche in Palmanova doch auch noch hinter uns bringen könnten und auch müssten.

Mir fiel nach diesem ersten Gespräch eine kleine Zitatensammlung in unserem Reiseführer in die Hände: „...mit steigenden Temperaturen steigen auch die Preise, ebenso der Lärmpegel vor allem im Süden, der im August seinen Höhepunkt hat. Andererseits ist in Magaluf und Palmanova das Ziel von Pauschalreisen zu Dumpingpreisen und leidet daher unter dem Unwesen der „Hooligans". Umsatzbesorgte Barbesitzer veranstalten nur noch Trinkwettbewerbe." Was waren das für Aussichten...

Wir gingen also mehr als enttäuscht zurück zum Auto. Ich hatte große Schwierigkeiten, meine Tränen zurückzuhalten. Im Auto war dann Schluss und ich weinte und weinte. Moritz hatte große Mühe, mich zu beruhigen. Ich flehte ihn an, die zweite Woche nun gänzlich zu stornieren und uns einen sofortigen Rückflug zu besorgen. Egal über welche Flughäfen das ganze abgewickelt werde müsse. Ich wollte nur noch nach Hause. So ist Moritz dann mit hängenden Schultern zurück zum Reisebüro gegangen. Ganz wohl war ihm bei der Sache nicht...

Er kam dann auch erst nach 20 Minuten wieder zurück und sagte nur, dass ich sofort in das Reisebüro kommen müsse. Eine andere Dame aus dem Büro hätte womöglich in einem Tag ein Doppelzimmer mit Halbpension und Kinderbett gleich in der Nähe — also nicht mehr in Palmanova. Das Hotel sei zwar etwas kleiner, aber sehr nett. Leider würde es dort jedoch nur Menüwahl geben und kein Buffet.

Uns war in diesem Moment alles egal. Die Zuzahlung von insgesamt 100 Euro war die letzte Chance, nicht nur den Urlaub sondern womöglich auch unsere Ehe zu retten. Mein Mann hatte nämlich bei seinem zweiten Besuch im Reisebüro herausgefunden, dass wir überhaupt keinen Flug nach Deutschland bekommen hätten. Sämtliche Flieger nach Deutschland seien im Voraus ausgebucht gewesen. Die Alternativen waren also zurück nach Palmanova oder neues Glück in Paguera versuchen.

Wir durften uns das Zimmer in dem Hotel vorher ansehen und waren sehr zufrieden. Der Baustil des Hotels war sehr südländisch. Alles war in einem zweistöckigen Komplex um einen sehr hübsch gelegenen kleinen Swimmingpool gebaut. Die Einrichtung des Hotels bzw. des Zimmers war geschmackvoll, das Bad war sauber, der Blick vom Balkon richtete sich direkt auf das Meer. Wir konnten es tatsächlich sehen! Und der Balkon war groß genug, dass wir darauf auch gemütlich und bequem sitzen konnten. Die Canasta-Abende waren also auch hier sicher. Was wollten wir mehr.

Die Hotelführung oblag einer Familie, der Inhalt der Speisekarte entsprach schon eher unserem Geschmack. Das Zimmer war zwar klein, aber sehr geschmackvoll eingerichtet, das Bad hatte sogar ein großes Fenster. Jedoch nur das Kinderbett schien auf den ersten Blick sehr klein…

Mit dem Wissen, dass wir nur noch eine Nacht in Palmanova verbringen mussten, fuhren wir überglücklich ins Hotel zurück, um dort unsere vorzeitige Abreise bekannt zu geben. Dann wurden die Koffer neu verpackt. Beim Packen der Koffer und sämtlicher Unterlagen überschlug Moritz nochmals unsere Urlaubskasse… Wo nicht wirklich was war, muss man eigentlich auch nichts überschlagen… Leider musste er sodann feststellen, dass 100 Euro fehlten…

Panik breitete sich aus! Wo konnten die sein? Wurden wir hier zum Ende auch noch bestohlen? Alles wurde nochmals ausgepackt, Taschen wurden durchwühlt, aber das Geld blieb verschwunden! Jedoch nur bis zu dem Moment, in dem ich meine Brillen wechseln wollte (die eine war schon salzverkrustet durch die ganzen Tränen…) und das Brillenetui aus meiner Kulturtasche holte. Dort lag das Geld und schlummerte vor sich hin. So ist es also, wenn man sich ein gutes Versteck für Wertsachen sucht…

Der allabendliche Gang zum Horrorbuffet erschien auf einem Male in anderem Glanz. Zur Feier des Tages gönnten wir uns eine neue Flasche Gin und schliefen überraschender Weise diese Nacht alle drei durch.

Menü- (mit)- Folge(n)

Nach dem Frühstück beluden wir unser Auto und fuhren, den Mittelfinger schwenkend, ein letztes Mal an dem Hotel vorbei, das uns fast die Ehe gekostet hätte. In Paguera angekommen, wurden die Koffer erst einmal johlend auf das Bett geschmissen. Auf dem Balkon genossen wir die Aussicht auf eine Woche Traumurlaub. Wir machten uns gleich auf den Weg an den Strand, den wir auch ohne Probleme fanden. Dabei bummelten wir durch die Gassen, vorbei an niedlichen Cafés, netten Läden und einladenden Bars. Keine laut grölenden Gäste, im Gegenteil. Hier schienen die Uhren langsamer zu gehen...

Der Nachmittag wurde mit einigen Runden im Hotelpool abgeschlossen, der zur Freude aller sauber, gechlort und vor allem menschenleer war. Leider gab es auch dort kein Planschbecken. Nicht einmal mit der Gießkanne durfte Sebastian sich an den Rand des Pools bewegen, hatten wir doch gewisse Vorahnungen, dass unser Spross auch dort das Unglück anziehen könnte.

Wenn es in einem Hotel Menüwahl gibt, dann sollte man pünktlich im Speisesaal sein, schon allein aus dem Grunde, dass das Essen noch frisch bzw. warm ist. Und so waren wir mehr als pünktlich an unserem ersten Abend im Hotel. Natürlich hingen unsere Mägen seit einer Woche in den Kniekehlen, der Appetit auf Pommes war bis auf Jahre im Voraus gestillt. Und wir waren auf die kulinarischen Ergüsse des Hotelkochs wirklich gespannt. Sebastian, der an diesem Nachmittag leider nicht geschlafen hatte, war sehr quengelig und rieb sich vor Müdigkeit die Augen. Hätte uns da nicht schon wieder ein Licht aufgehen müssen?

Uns wurde ein kleiner Tisch mit Kinderstuhl zugeteilt. Der sehr dekorative Stuhl war jedoch sehr unpraktisch, fehlte ihm doch der entscheidenden Querbügel über den Bauch. Also sprang der Dicke, kaum dass wir saßen, einmal quer über den Tisch und riss das gesamte Geschirr um. Zum Glück landete nichts auf dem Boden und alles blieb heil. Da die Getränke noch nicht geordert waren, blieb zu meiner großen Freude sogar auch das weiße Tischtuch sauber.

Die anderen Gäste schauten natürlich interessiert, hatten sie uns ja noch nie vorher gesehen. Auch ich besitze eine gesunde Portion Neugier, vor allem was Menschen und deren Charaktere anbelangt und umso verständlicher war es dann, dass die zunehmend älteren Hotelgäste uns argwöhnisch beäugten. Ich kann mir heute sehr gut vorstellen, dass diese einen ruhigen Urlaub gebucht hatten. Und dazu gehört natürlich ein gemütliches Abendessen in einem angenehmen Ambiente. Das war mit unserem Erscheinen ein für alle mal vorbei...

Bei Moritz kamen schon die ersten Schweißperlen auf die Stirn, mein Magen schnürte sich wieder zu und immer öfter ging mein Blick von ihm zu meiner Armbanduhr. Die Frage, wann denn endlich das Essen käme, quälte mich immer mehr. Wir hofften inständig, dass das Essen bald gereicht werden würde.

Nach geschlagenen 15 Minuten kam dann endlich der Kellner mit der heißen Vorsuppe. Sebastian, der zu dem Zeitpunkt hauptsächlich von Gläschen ernährt wurde, beäugte den Teller aufmerksam und entschied sich kurzerhand, den gefüllten Teller zum Landen seines Löffels zu benutzen. Hätte dieser Trick sofort funktioniert, wären wir heute reiche Leute...

Das Hauptgericht landete mehr unter dem Tisch als in seinem Mund. Zu allem Übel wurde es immer später und der Kleine wurde immer müder. Auch uns wollte das Essen nicht so recht schmecken. So hatte mein Mann entschieden, dass er auf seinen Nachtisch gerne verzichten würde, damit unser Spross endlich ins Bett käme. Vielleicht würden dann auch die anderen Hotelgäste den Abend genießen können!? Andererseits nahmen wir dem einen oder anderen mit Sebastians Verlassen des Speisesaales unterhaltsamen Gesprächsstoff.

Ich saß noch 45 Minuten im Speisesaal, von dem einen bemitleidet, von dem anderen belächelt, und wartete auf das Eis. Wer kennt diese Situation nicht, allein in einem Restaurant zu sitzen, in dem es scheinbar nur Paare gab. Der Kellner war so freundlich, mir am Ende die Portion für Moritz mitzugeben.

Der Gedanke, dieses Spektakel nun wieder jeden Abend vor uns zu haben, machte mir den Gang zurück auf das Zimmer schwer. Warum hatte uns das Pech nun auch hierhin verfolgt? Sollten wir etwa von nun an jede Mahlzeit nicht mehr komplett gemeinsam einnehmen können?

Als ich nach einer halben Stunde zurück ins Zimmer kam, ging ich davon aus, dass Sebastian schon schlief und mein Mann die schöne Aussicht genießen würde. Aber Sebastian machte uns auch dort wieder einen Strich durch die Rechnung. Wahrscheinlich dauert es bei Kindern etwas länger, sich an neue Betten und an eine andere Umgebung zu gewöhnen, denn selbst nach einer Milch weigerte sich unser Sohnemann, sich schlafen zu legen. Er schrie in den höchsten Tönen die Nachbarschaft zusammen. In diesem Moment war ich dankbar, dass der Rest der Gäste noch im Speisesaal war.

Schließlich hatten wir es geschafft, der Kleine schlief und so saßen wir wieder einmal auf dem Balkon bei einer Flasche Gin, einer Flasche Tonic und unserem Kartenspiel. Hatte sich durch den Umzug nun sehr viel verändert? Wir hofften, dass zumindest die Nächte ruhiger werden würden. Und das waren sie auch, abgesehen von dem Spektakel, das Sebastian von nun an jede Nacht vollzog und das die benachbarten Zimmergenossen mit Schlägen an die Wand kommentierten.

Insel-Erlebnisse

Für den letzten Tag, an dem wir den Mietwagen nutzen konnten, hatten wir uns eine Rundfahrt über die Insel vorgenommen. Dazu wurde am Vorabend der Reiseführer gewälzt. Wir wollten logischerweise im Südwesten starten, uns Port Andraitx angucken und dann direkt an der Küste Richtung Sollér fahren.

Es war an diesem Tag sehr heiß und wir waren froh, dass wir eine große Flasche Wasser dabei hatten. Schließlich reichte unser Geld nicht für ein Fahrzeug mit Klimaanlage.

Die Landschaft war sehr malerisch und wir machten ein Foto nach dem anderen mit der von meinem Vater geliehenen Kamera. Eigentlich hatte meine Mutter uns den Apparat gegeben ohne meinen Vater, der ja im Krankenhaus lag, zu fragen. Es war eine neue, vollautomatische Kamera, die natürlich auch den Film selber einspulte. Es wäre mit Sicherheit besser gewesen, wenn wir über die Benutzung der Kamera mehr Informationen erhalten hätten...

Wir fuhren also die Serpentinen auf und ab, links und rechts und bestaunten die Landschaft in ihrer Vielfalt. Bei dieser traumhaften Ansicht vergaßen wir die Welt um uns herum und zugegebenermaßen auch den kleinen Sebastian auf der Rücksitzbank... Das Auto fuhr entlang der Küstenstraße und wir bestaunten den Ausblick nach jeder Kurve. So kam es dann auch etwas überraschend, dieses nicht ganz unbekannte Geräusch: „Rülps..."

Sebastian weinte und spuckte abwechselnd und wir wussten so schnell gar nicht, was wir machen sollten. Mein Mann hatte dann eine Möglichkeit gefunden anzuhalten und ich hob den „Dicken" aus dem völlig beschmutzen Autositz und zog ihn bis auf die Windel aus. Das war schon eine Meisterleistung, wie ich fand...

Prompt stellte sich die erste Frage: Wohin mit den vollgek... Sachen? Und woher nehmen wir saubere? (Wer denkt schon an Wechselsachen...?) Moritz hatte hingegen ein viel größeres Problem, denn der Kindersitz musste zur Reinigung ausgebaut werden und er überlegte nun, wie er ihn von Sebastians Mageninhalt befreien könnte, mit nur 1 Liter Mineralwasser. Mehr hatten wir nämlich nicht dabei...

Jeder kann sich vorstellen, dass es nur zu einer oberflächlichen Reinigung kam. Im Nachhinein haben wir natürlich sehr frevelhaft gehandelt, denn Sebastian konnte im Kindersitz angeschnallt nicht aus dem Fenster sehen und dann sind die mallorquinischen Serpentinen eben nicht besonders magenfreundlich...

Die Sonne stand mittlerweile hoch über uns und erhitzte den Wagen auf weit über 40 Grad. Der Geruch ließ sich selbst durch die geöffneten Fenster nicht verdrängen. Wie auch? Die Hälfte des Mageninhaltes klebte noch in sämtlichen Ritzen des Kindersitzes... Es stellte sich also die Frage, was wir nun mit dem Rest des Tages anfangen sollten?

Im Prinzip fand das ganze Malheur auf halber Strecke statt. Wir hätten umdrehen können und unser Ausflug wäre vorbei gewesen. Das hätte unserem ganzen Glück noch die Krone aufgesetzt, denn die Rundfahrt sollte für uns das Highlight des Urlaubes werden. Ich hatte den einen oder anderen Reiseführer gelesen und wusste genau, was ich mit meiner Familie anschauen wollte. Vor allem die Kathedrale in Palma stand noch auf unserem Programm. Sollte auch diese Unternehmung ein Reinfall werden? Es stand ganz klar fest, dass wir uns keinen weiteren Tag Miete für einen Leihwagen leisten konnten.

Also mussten wir mit dem stinkenden Wagen weiterfahren oder aber den Ausflug abbrechen und die Fahrt nach Palma streichen. Man mag unseren Mut nicht glauben, oder war es vielleicht doch Verzweiflung? Wir suchten auf der Karte den günstigsten Weg nach Palma und fuhren durch die brennende Mittagshitze in dem unglaublich stinkenden Auto mit einem nörgelnden Kind wieder mit viel zu wenig Windeln bepackt zur Inselhauptstadt. Schließlich wollten wir an diesem Tag noch ein bisschen Spaß haben. Wir waren immerhin der Meinung, dass wir noch Spaß haben könnten.

Und eine Reise nach Mallorca ohne in Palma gewesen zu sein, wäre nur die „halbe Miete" gewesen. Um ehrlich zu sein, war das ganze eine Tortur und mehr als einmal wünschte ich, wir hätten ein Cabrio gemietet.

In Palma bekamen wir einen Parkplatz direkt am Hafen. Wir zogen los und genossen die frische Luft. Gleichzeitig heiterte uns der

Gedanke auf, dass die Nachfolgemieter des Wagens ihre helle Freude an dem Wagen haben würden... Es dauerte nicht lange und Sebastian lieferte zu allem Überdruss eine stinkige Windel ab. Es wäre ja alles nicht so schlimm gewesen, wenn es eine normale Windel gewesen wäre, aber musste es auch noch eine sogenannte „Durchfallwindel" sein?

Und immer wieder stellt sich dann einer jungen Familie im Urlaub die Frage, wo man denn das gute Kind wickeln könnte. Weit und breit war kein McDonald oder dergleichen zu sehen. (In jenem Moment wünschte ich mir das nichts sehnlicher!) Es gab nur schicke Cafés mit Blick auf den Hafen. Der Blick in die Toiletten war dann auch unvergesslich, jedoch aus anderem Grund...

Wir versuchten unser Glück schließlich in einer Hauseinfahrt. Sebastian wurde noch nie zuvor im Buggy liegend gewickelt, und so hatte Moritz vor Freude fast gejubelt, als er das Prachtstück von stinkender Windel in den Händen hielt und schließlich zu einem Abfalleimer bringen konnte. Und da wir nur noch eine Ersatzwindel hatten, baten wir Sebastian inständig, das nächste große Geschäft erst wieder im Hotel zu tätigen. Er tat uns diesen Gefallen und so fiel der Nachmittag wenigstens nicht ins Wasser.

An jenem Abend schwor ich mir, nie wieder ohne eine ausreichende Menge Windeln, Getränk und Ersatzkleidung das Haus zu verlassen. Das habe ich bis heute auch nie mehr anders gemacht!

Wir aßen in Palma noch eine Kleinigkeit an einem Imbiss. Auch dort durften wir für den Hafenblick extra bezahlen. Eigentlich wollten wir noch ein wenig an der Hafenmole spazieren gehen, doch der Spaziergang war dann schließlich doch nur noch der Weg zurück zum Auto. Und die Kathedrale, wegen der wir ja extra noch nach Palma gefahren waren, hatten wir nicht mehr angeguckt. Schließlich fuhren wir wieder in Richtung Paguera. Die Angst vor einer weiteren Katastrophe zwang uns zurück zum Hotel.

Die verdreckten Sachen wurden dann notdürftig im Hotelwaschbecken durchgewaschen und auf der Balkonbrüstung zum Trocknen aufgehängt. Leider wehte an diesem Abend ein kleines Lüftchen und so fanden sich am darauffolgenden Morgen neben der Wäsche von Sebastian auch zwei Unterhosen von Moritz auf einer Tanne wieder, für uns unerreichbar, für die anderen Hotelgäste ein Anlass zur Freude...

Ausklang

Die meiste Zeit der darauffolgenden Tage verbrachten wir am Strand. Nur zur Abkühlung schwammen wir dann abends noch einmal ein paar Runden im Pool. Sebastian hatte dort eher seinen Spaß, weil das Wasser weitaus besser als im Mittelmeer schmeckte. Am Strand schlief der „Dicke" nun fast jeden Tag eine Stunde um die Mittagszeit, so dass wir tagsüber nicht zwischen Hotel und Strand pendeln mussten. Ein wenig trat nun die verdiente Ruhe ein.

Nur an einem Nachmittag schien es wieder als wenn sich das Blatt zum Schlechten drehen würde, denn ich bekam große Kreislaufprobleme. Am jenem Morgen waren wir schon in einer Apotheke, um den Blutdruck zu messen. Von Natur aus leide ich unter extrem niedrigen Blutdruck, aber die Werte dieses Tages waren sensationell schlecht.

Gegen Mittag wurde mir übel und ich konnte weder in der Sonne noch im Schatten der Muschel zur Ruhe kommen.

Ich bat meinen Mann also, mit Sebastian am Strand zu bleiben bis der Kleine aus seinem Mittagsschlaf erwachen würde. Ich wollte in der Zwischenzeit duschen und mich auf das Bett legen, was ich dann auch tat. Was wir nicht bedacht hatten war die Tatsache, dass Sebastian ein Riesenspektakel daraus machen würde, wenn er mich nach dem Schlafen nicht mehr am Strand entdecken konnte.

Sebastian schrie tatsächlich nach Beendigung des Mittagsschlafes den gesamten Strand zusammen. Moritz hatte Schwierigkeiten die Muschel zusammenzubauen, die sieben Sachen in die Taschen zu verstauen und gleichzeitig den brüllenden Sohn zu trösten, der nach seiner Mama rief. Irgendwie hat er es schließlich doch geschafft und zog mit dem schweren Buggy durch den heißen Sand zurück zum Hotel.

In der Zwischenzeit hatte ich mich ein wenig erholt. Nach dem Eintreffen im Hotel musste sich nun Moritz einmal von dem Stress erholen. Ein bisschen freute uns mein Zustand dann doch, denn wir waren uns nun sicher, dass ich erneut schwanger war!

Nachworte

Der Urlaub hatte trotz allem aber auch seine schönen Momente. Vergessen wir nicht die unterhaltsamen Minuten an der Eisbude in Paguera. Sebastian schaffte es jeden Tag, uns zu einem kleinen Eis zu überreden. (Ist in einem Sommerurlaub ja auch nicht wirklich etwas Besonderes! Aber wenn man noch nicht einmal zwei Jahre alt ist, dann doch schon, oder?)

Es war nämlich so, dass wir tagsüber kaum lange am Strand liegen oder sitzen bleiben konnten, da der Kleine einen unheimlich großen Bewegungsdrang besaß. Am liebsten lief er mit Papa die Promenade auf und ab, machte dabei lustige Geräusche und erfreute sich des Lebens. Aber um an ein Eis zu kommen, bediente er sich folgender Taktik: Auf der Promenade vor dem Eisladen machte er mit Papa auf seiner täglichen Exkursion stets Halt. Dort konnte man aus einem benachbarten Café laute Musik hören. Jeden Tag! Und wie der Papa so wohl auch der Sohn, tanzte der Kleine dort jeden Tag ein wenig vor dem Eingang des Eiscafés. Ihm schien die Musik zu gefallen! Und welches Mutter- oder Vaterherz wird da nicht weich!? (Heute hingegen tanzt der „Dicke", der eher einem „Spargeltarzan" gleicht, nur sehr ungern... und das Eis kauft er sich notfalls vom Taschengeld.)

Jeder Urlaub geht auch mal zu Ende. Bei jenem, damals auf Mallorca, waren wir nicht wirklich traurig, dass wir die Koffer packen mussten, um zurück nach Hamburg zu fliegen.

Unsere Ehe schien noch einmal gerettet, unsere Haut war sonnengebräunt, die Haare bei Sebastian blondiert und die Urlaubskasse war so richtig leer. Wie stand es um den Erholungsfaktor? Gab es Erholung? Hatten wir sogar an Kilos zugelegt, wie es normalerweise in Urlauben der Fall ist? Es war kaum zu glauben, aber irgendwie hatten wir uns sogar ein bisschen in dem Katastrophen-Urlaub erholt, hatten ein paar Gramm zugelegt und sind danach auch noch mal nach Mallorca geflogen...

Nun aber, kurz vor Ende der kleinen Geschichte um „Mama Mallorca" noch einmal kurz zurück nach Paguera...

Moritz hatte sich am Vorabend der Abreise darum gekümmert, dass uns der Reisebus nicht in Palmanova sondern in Paguera abholen sollte. (Zum Glück kam uns die Idee noch rechtzeitig. Nicht auszumalen, was passiert wäre, wenn der Transferbus uns nicht abgeholt hätte...) So standen wir dann also am Abreisetag voller Erwartung vor dem Hotel und warteten auf den besagten Transferbus zum Flughafen von Palma. Das Wetter war wie immer gut. Wir hatten gefrühstückt, der Lütte hatte eine frische Windel an und es waren genügend Milchflaschen in der Wickeltasche... (man lernt ja aus seinen Fehlern!)

Schließlich fuhr zwar ein Reisebus in unsere Straße, aber er schien Urlauber abzuliefern anstatt uns abzuholen. Zumindest hielt er nicht vor unserem Hotel. Damals war das für uns noch irgendwie logisch, dass ein Bus nicht gleichzeitig Urlauber abliefert und einkassiert! Die Zeit bis zum Boarding wurde jedoch immer knapper und so erkundigte sich mein lieber Mann am Hotelempfang, ob man uns womöglich vergessen haben könnte... Dort wusste niemand Bescheid. (Wen wundert das jetzt eigentlich?)

Nach einem Anruf im Reisebüro durch den Hotelmanager schien aber alles geregelt. Wir sollten uns nur in ein wenig Geduld üben. Als aber die Zeit mehr als knapp wurde, riefen wir schließlich ein Taxi. Freiwillig wollte keiner von uns auch nur eine Minute länger bleiben. Für Urlaub recht ungewöhnlich! Für jenen Urlaub nur nachvollziehbar...

Das Geld dafür mussten wir teuer, d.h. zu horrenden Wechselgebühren, im Hotel wechseln. Davon ganz abgesehen, dass es wirklich die allerletzten Pinunken waren, die wir hatten... Das Taxi hatte aber sowohl Klimaanlage als auch einen Fahrer, der sogar ein bisschen Deutsch sprach und somit auch unser Zeitproblem verstand. Außerdem schien er auch eine Vorliebe für schnelle Fahrten in kurvenreichen Straßen zu besitzen... So kamen wir immerhin noch vor dem Bus am Flughafen an und durften uns aufgrund der Tatsache, dass wir ein Kleinkind dabei hatten, vorne in die Schlange der Wartenden einreihen.

Zu guter Letzt bekamen wir drei Plätze zusammen und das Geld für das Taxi wurde noch am Flughafen erstattet. Der Rückflug verlief ähnlich wie der Hinflug. Sebastian kapitulierte jedoch nach einer Stunde und schlief auf dem Arm meines Mannes bis zu Landung in Hamburg. Keine Frage, wer auf dem Rückflug erneut nichts essen konnte...

In Wentorf angekommen mussten wir feststellen, dass während unserer Abwesenheit ein Nachbar eine Tanne auf unserer Terrasse gefällt hatte (»Was regen Sie sich auf? Seinerzeit, also vor ihrem Einzug, hatte ich die da mal reingesetzt!«) und die Bewohner des gegenüberliegenden Hauses nun freie Sicht in unser Wohnzimmer hatten. Und dass der Fotoapparat den Film nicht transportiert hatte und die ganze Ausbeute an Fotos sich auf ganze drei auf dem Film meines Vaters belief.

Und da kann man am Ende nur noch sagen:

„Humor ist, wenn Frau trotzdem lacht"